E-Z DICKENS SÜPER KAHRAMAN ÜÇÜNCÜ KITAP:

KIRMIZI ODA

Cathy McGough

Stratford Living Publishing

OKUYUCULAR NE DIYOR:

ABD'DEN

BEŞ YILDIZ - AMAZON YORUMCUSU

"Bu, içinde çok fazla şey barındıran çok eğlenceli bir hikâyeydi. Karakterlerin doğasına bayıldım, özellikle de EZ'ye. Ailesinin kim olduğu gerçekten çok güzeldi ve beyaz odaya bayıldım. Aslında, sanırım kendi beyaz odama ve kitabın sonuna doğru EZ'ye verilen yeni güce ihtiyacım var - hiçbir şey vermek istemiyorum ama, demek istediğim, ne kadar havalı. Bir oyuncu olarak olay örgüsünü çok beğendim. Oyuna ek olarak ruh yakalayıcıların da çok orijinal ve düzgün bir konsept olduğunu düşündüm. Bu son!!! Oh. Aman Tanrım. İşlerin nasıl sonuçlanacağını görmek için bir sonraki bölümü okumam gerekiyor."

İçindekiler tablosu

İnananlar için.

"Bir kahraman, ezici engellere rağmen sebat etme ve dayanma gücü bulan sıradan bir bireydir."

Christopher Reeve

PROLOGUE

Aradan iki yıl geçmiştive1 Aralık'ta E-Z'nin on beşinci doğum günüydü. Dışarısı dondurucu soğuk olmasına ve etraflarında kar taneleri uçuşmasına rağmen, o, ailesi ve arkadaşları partiyi dışarıda düzenlemekte kararlıydılar; onları sıcak tutmak için bir şenlik ateşi ve bir barbekü hazırlamışlardı.

Samantha ve Sam evlendiğinden beri Dickens'ların evi daha da kalabalıktı. Arkadaşlar ziyarete geldiğinde hiçbir zaman sıkıcı bir an yaşanmıyordu.

Sam ve Samantha'nın düğünü küçük bir törenle Evlendirme Dairesi'nde yapılmıştı. Lia nedime, E-Z sağdıç ve Trompetçi Kuğu Alfred de yüzük taşıyıcısıydı.

Lia, Alfred'in lacivert papyon takması ve başka bir şey giymemesi nedeniyle onunla dalga geçmişti. Alfred bu ilgiden rahatsız olmamıştı, çünkü eski İngiliz

Başbakanları gibi diğerleriyle iyi bir arkadaşlık içinde olduğunu biliyordu.

"Büyük Winston Churchill papyonun kendisi için yeterince iyi olduğunu düşünüyorsa, benim için de yeterince iyidir!" dedi Alfred.

"Ayrıca kocaman bir puro içerdi!" E-Z dedi ki. "Umarım sen de onlardan birini içmeye başlamazsın."

Lia kıs kıs güldü.

"Biftekler hazır!" Sam seslendi. "Az pişmiş seviyorsanız hemen gelip alın."

Sadece Samantha tabağı hazır olduğu halde öne çıktı. "Oğlun bugün az pişmiş istiyor," dedi karnını sıvazlayarak.

"Oğlum ne isterse onu alır," dedi Sam, karısının tabağına bir biftek kaldırarak. Kocası bifteğin yanına fırında patates ve birkaç parça kuşkonmaz eklerken Samantha bifteğin ortasını dürttü.

Samantha piknik masasına doğru ilerlerken kuşkonmazı mideye indirdi. E-Z'nin doğum gününü tam anlamıyla planlamış ve masayı Mutlu Yıllar temalı eşyalarla süslemek için epey zaman harcamıştı. Oturdu ve fırında patatesini ikiye böldü, ardından ekşi krema, frenk soğanı, tereyağı ve birkaç parça tuz ekledi.

E-Z, Lia, Alfred, PJ ve Arden yerlerinden kıpırdamadılar çünkü çoğunlukla şöminenin yanı daha sıcaktı. Sam Amca barbekü yaparken etrafta dolaşan insanlardan hoşlanmıyordu, bu yüzden onun yolundan uzak durdular. Ayrıca, hepsi kazıklarının iyi pişmiş olmasını seviyordu ve bu onlara kendi başlarına sohbet etme ve hasret giderme fırsatı da veriyordu.

"Süper Kahraman web sitemiz hakkında ne düşünüyorsun?" E-Z sordu.

PJ ve Arden birbirlerine baktılar, sonra omuzlarını silktiler.

"Hadi ama," dedi E-Z. "Bu konuda gerçekten ne düşünüyorsunuz? Siteye baktığınızı biliyorum, çünkü Sam Amca verileri incelememe yardım etti. Sitemizi kimlerin ziyaret ettiği, ne kadar kaldıkları, nelere baktıkları gibi bu kadar çok bilgiyi bulabileceğimizi bilmiyordum. Ve IP adreslerinizi tanıdım. Bu konuda ne düşünüyorsunuz?"

"Tüm gerçek mi? Hiçbir engel yok mu?" PJ sordu.

"Acımasız gerçek mi?" Arden ekledi.

"Evet," diye ikna etti E-Z. Sesini fısıltıya kadar alçalttı. "Sam Amca mükemmel bir iş çıkardı. Yine de, neredeyse hiç trafik alamadığımız için doğru kitleyi hedeflemiyoruz. İkiniz ve Fransa'da bulunan bir IP adresi dışında neredeyse hiç hit alamadık.

"Sizin gibi birkaç kişi geri gelip siteye birkaç kez baktı ama uzun süre kalmadılar. Sam Amca belki de bir haber bülteni başlatmamızı, insanların kaydolmasını sağlamamızı ve onlara güncellemeler göndermemizi önerdi ama bilemiyorum. Bugünlerde herkes haber bülteni hazırlıyor ve bu çok fazla iş gibi görünüyor. Sam Amca bana yaklaşık elli tanesine üye olduğunu gösterdi!

"Yardım taleplerine gelince - ki bir web sitesi açmamızın tek nedeni de bu - şu ana kadar bizden istenen tek şey polis ve itfaiye gibi yerel yetkililerin halletmesi gereken işlerdi. Ağaçtaki bir kediyi kurtarmak için acele etmemiz ve itfaiyenin aynı işi yapmak için tam teçhizatla gelmesi fikrinden hoşlanmıyorum. Bu hem onlar hem de bizim için verimsiz bir durum. Ve tam biz işimizi bitirirken ortaya çıkmaları utanç verici. Onların zamanı değerli - her gün hayat kurtarıyorlar. Ne demek istediğimi anlıyorsanız, bu saygısızlık gibi geliyor. Hayat kurtarıyorlar ve yedi gün yirmi dört saat nöbetteler.

"Bence onların alanlarının dışında olmak için taleplere ihtiyacımız var, böylece zamanlarını boşa harcamamış ya da işlerini olduğundan daha fazla zorlaştırmamış oluruz. Bu kadar uzun bir konuşma için özür dilerim ama ailemle yaşadığım kazadan sonra yaptıkları her şeyi düşününce..."

PJ ve Arden birbirlerine yaklaşıp fısıldaştılar. Sam'in duygularını incitmek istemiyorlardı - ne de olsa uzman değillerdi - ya da onları duyup bifteklerini cayır cayır yakma riskini göze almak istemiyorlardı.

"Ne demek istediğini anlıyoruz," dedi PJ. "Ayrıca, polis ve itfaiyeciler temel hizmetlerdir ve insanları kurtarmak için para alırlar. Oysa siz gönüllüsünüz."

"Yani, onların web sitesi ve sosyal medyadaki online varlıkları sizinkinden farklı olmalı," dedi Arden. "Ve her şeyin bakımını yapmak ve güncel tutmak için birçok düzeyde çok sayıda personeli var."

"Oysa sizin sitenizin daha süper kahramanvari - tabii bu bir kelime ise - ve daha az kurumsal bir şeye ihtiyacı var. Efsaneler gibi, izinden gittiğiniz kişiler gibi. Onlar için kurulan bazı web sitelerine bakın - ve onlar kurgusal karakterler. Onların izinden gidersek neler yapabileceğimizi bir düşünün," dedi Arden.

"Ne gibi? Bazı fikirleriniz olduğunu biliyorum, paylaşın" dedi E-Z.

"Sizin de tahmin edebileceğiniz gibi, ikimiz biraz beyin fırtınası yaptık. Ve sitenizin nasıl olabileceğini gösteren bir web sitesi hazırladık - henüz yayında değil ve siz onaylayana kadar da yayında olmayacak. Telefonumda var. Bakın ve ne demek istediğimizi görün ve olasılıklar hakkında düşünün çünkü bu bizim tarafımızdan oldukça hızlı bir şekilde yapıldı." PJ başlat düğmesine bastı. Üçlü eğildi.

Ekranda önce " Üçlünün Süper Kahraman web sitesine hoş geldiniz." yazısı belirdi. Sonra animasyon şeklinde E-Z'ye yakınlaştı. Bekleneceği gibi tekerlekli sandalyesinde oturuyor, siyah bir tişört, mavi bir kot pantolon ve bir çift koşu ayakkabısı giyiyordu.

E-Z, sarı saçlarının ortasındaki siyah çizginin ne kadar şişe fırçası gibi göründüğünü görünce saçlarını okşadı. Buna hiç alışamamıştı.

"Gömleğimde, kotumda ve ayakkabılarımda ne var? Bu bir logo mu? Ve beni nasıl bir karikatüre dönüştürdün?"

"Evet, bu bir logo. Melek kanadının havalı ve uygun olduğunu düşündük," dedi Arden.

"Seni çizgi film haline getirmek için bir uygulama kullandık," dedi PJ. "Kollarınızda biraz düzenleme yaptık. Umarım fazla abartmamışızdır."

E-Z's kendisinin animasyon versiyonu kollarını kavuştururken daha yakından baktı. Şimdi daha iri olan ön kolları dikkatini çekti ve yanakları kızardı. Bir pezevenk, bir pozcu gibi görünüyordu. Arkadaşları gerçekten böyle daha iyi göründüğünü mü düşünüyordu? Ekranda E-Z'nin kanatları belirdiğinde irkildi. Havada asılı kaldı ve işaret etti.

Bu Lia ile ilk tanışmasıydı. O da animasyon formunda geldi. Lia tepeden tırnağa tütülü mor bir tulum giymişti. Sarı saçları at kuyruğu şeklinde sıkıca toplanmıştı ve gözlerinin üzerinde bir çift mor güneş gözlüğü vardı. Ekranda yürürken canlı, arkadaş canlısı ve sevimli görünüyordu. Podyumdaki bir manken gibi dönüp durdu ve bir poz verdi.

E-Z alay etti; kendini tutamadı.

"En azından sahte kasları olan bir pozcu gibi görünmüyorum!" dedi.

E-Z yorum yapmadı.

Canlandırılmış Lia kollarını öne doğru uzattı, avuç içleri yere bakıyordu. Sonra, işte, onları ters çevirdi. Avucunun içindeki sol göz açıldı, onu sağ göz izledi. Eşzamanlı olarak göz kırptılar. Lia duruşunu korudu, sonra parmaklarının arasından ıslık çaldı.

"Keşke bunu gerçekten yapabilseydim!" dedi, kendisinin canlandırılmış halini taklit etmeye çalışarak.

E-Z ıslık çaldı.

"Gösteriş yap," dedi ona dirsek atarak.

Şimdi de Küçük Dorrit ekrana geldi. Zarif ve kadınsıydı ve kar kadar beyazdı. Tek boynuzlu at Lia'ya doğru uçtu, yere indi ve küçük kızın onu sevebilmesi için başını eğdi. Lia üzerine atladı ve Küçük Dorrit E-Z'nin yanına uçtu. Havada asılı kaldılar, sonra başlarını çevirdiler.

Bu Alfred'in işaretiydi. Çizgi film formundaki parlak turuncu gagası ışıkta parlıyor gibiydi. Elma şekeri kırmızısı papyonuyla tam bir tezat oluşturuyordu. Lia ve E-Z'ye doğru yürürken perdeli ayakları vantuz gibi gıcırdadı.

"Benim ayaklarım o sesi çıkarmaz!" dedi Alfred.

Ekrandaki Alfred kanatlarını açıp iki yoldaşının yanına uçarken E-Z sırıtarak, "Onlar da öyle," dedi.

Üçlü poz verdi. E-Z ortada, Lia sola, Alfred sağa bakıyordu. Sonra her şey oldu. Üçlü - yani Lia ve E-Z başparmaklarını kaldırdı. Alfred ise kanatlarını kaldırma hareketi yaptı.

"Bu çok utanç verici," diye fısıldadı E-Z Alfred'e.

"Şaka yapmıyorum!"

Ekrandaki seslendirme devreye girerken Lia, "Şşşşt," dedi. Bu Arden'ın sesiydi ama tonu daha alçaktı. Sesi bir yarışma programı sunucusuna benziyordu.

"Eğer bir süper kahramana ihtiyacınız varsa... E-Z, Lia ve Alfred, nam-ı diğer Üçler, haftanın yedi günü, günün yirmi dört saati hizmetinizde. ***-***-**** adresini arayın ya da sosyal medya üzerinden bir mesaj gönderin.

Size yardım edecek birine ihtiyaç duyduğunuzda... Üçlüyü arayın. Hemen yanınızda olacaklar. Onlara güvenebilirsiniz... çünkü onlar görebileceğinizin en iyisidir. Günde yirmi dört saat, haftada yedi gün... memnuniyet garantili."

"Ve şimdi sıra büyük finalde," dedi Arden.

Üçü kollarını göğüslerinin üzerinde kavuşturdu. Alfred kanatlarını katladı.

"Bu mümkün değil," dedi Alfred.

"Şşşşt," dedi Lia.

Üçü de çenelerini birbiri ardına öne doğru iterek bir poz verdi.

PJ durakladı.

"Yargı yetkileri hakkında söylediklerinizi dikkate alırsak, bu kısmı değiştirmemiz gerekebilir," dedi. Başlat düğmesine bastı.

"Hiçbir iş bizim için çok büyük ya da küçük değildir!" E-Z'nin sesinin bilgisayarlı bir versiyonu dedi.

Sonra ekranın ortasındaki bir daire, sinyal bulmaya çalışan bir wi-fi gibi dönüp durdu. Şimdi de BAM! kelimesi ekranı doldurdu. Sonra da SOCKO!

E-Z'nin ağaçta mahsur kalmış bir kediyi kurtarışını izlediler.

"Ah kardeşim," dedi.

Animasyon karakterinin sesi devam etti.

"Biz Üçümüz

Sizin için buradayız!

Kedi ağaçta mahsur kaldı...

Onu sizin için aşağı indireceğiz!"

E-Z kurtarılan kediyi bir aileye teslim ederken gösterildi.

"Böyle bir şey hiç olmadı" dedi.

Arden, "Biraz şiirsel bir dil kullandık," diye itiraf etti.

"Beğenmediğiniz her şeyi düzeltebiliriz," dedi PJ.

Şimdi daire ekranda tekrar belirdi, dönüp duruyordu. Durduğunda ekran BANG kelimesiyle doldu! Ardından ZIP kelimesi geldi!

Ekranda animasyonlu E-Z bir uçak dolusu yolcuyu kurtardı. Uçağı yere indirdiğinde, pistte bekleyen yüzlerce izleyici alkışladı.

"İşte bu daha iyi," dedi.

"Şşşt," dedi Lia.

Ekranda E-Z şöyle dedi,

"Çünkü biz sizin dostunuzuz!

Hizmetlerimiz ücretsizdir.

24/7

Çünkü biz Üçlüyüz!"

Tekrar daire çizin, dönün ve dönün. Ardından BINGO! Ve BAM!

Şimdi roller-coaster kurtarma animasyon formunda yeniden yaratıldı. Çok iyiydi. O kadar doğruydu ki, şeker ve karamelli mısırın kokusunu alabiliyorlardı.

"Oh!" E-Z dedi.

Lia alkışladı.

Alfred sanki üzerine çok soğuk su püskürtülmüş gibi boynunu iki yana salladı.

"Bayıldım!" dedi Lia. "Ve en sevdiğim rengi de dahil ettiğin için teşekkürler. Nereden bildin?"

"Fark ettim, bunu çok giyiyorsun," dedi PJ. Yanakları kızarmıştı. "Beğenmene çok sevindim."

"Sen ne düşünüyorsun, E-Z?" Arden sordu.

Alfred E-Z'ye doğru bir bakış attı.

"Bu uh," dedi E-Z, "uh... iyi bir çabaydı."

"Yemek hazır, gelin ve alın!" Sam seslendi.

"Önce doğum günü çocuğu gitsin," dedi Samantha.

E-Z, Alfred'le birlikte avluya doğru ilerledi.

"Mükemmel zamanlamadan bahsediyoruz," dedi.

"Evet, o ikisi hâlâ sersem," diye cevap verdi Alfred.

"Ama kalpleri doğru yerde. Zekice bir fikir ama bizim için biraz abartılı."

"Biraz mı?" Alfred çığlık attı.

"Tamam, çok fazla, ama denediler. Beğendiklerimizi saklayıp geri kalanından kurtulabiliriz."

Herkes yemeğini aldıktan sonra piknik masasına oturup yemeklerini yediler. Gökyüzü değişti ve parlak yıldızlar etraflarındaki cenneti doldurdu. Karınlarını doyurdular, sonra Samantha pişirdiği doğum günü pastasını getirdi ve herkes "Mutlu Yıllar!" şarkısını söyledi.

"Konuşma! Konuşma!" Arden şarkıya eşlik etti ve kısa sürede herkes katıldı.

E-Z birkaç saniye düşündü.

"On beşinci doğum günümü özel kıldığınız için teşekkürler. Annemi ve babamı hatırlamak ve sizinle bir doğum günü anımı paylaşmak için bir dakikanızı ayırmak istiyorum. Eğer sorun olmazsa? Söz veriyorum duygusal davranmayacağım."

Herkes başıyla onayladı.

Samantha hamile kaldığından beri hep duygusaldı. İster mutlu olsun ister oturarak, daha başlamadan gözyaşlarından birini sildi. Sam kolunu ona doladığında, "Ben iyiyim," dedi.

"Beşinci doğum günümdeydi. Parti istemedim ve onun yerine sinemaya gitmek istedim. Ne olduğunu öğrenmek için gazeteye bakmak yerine, gidip ne izleyeceğimize oracıkta karar vermeye karar verdik. Doğum Günü Çocuğu olduğum için benim seçebileceğimi söylediler."

Bir an için gözlerini kapattı.

O anda tekrar tiyatrodaydı. Annesi oradaydı, parkasını giymişti. Kulağında kulaklıkları vardı ve her zaman yaptığı gibi ellerini birbirine sürtüyordu. Annem her zaman eldiven giyer ve parmaklarının üşümesinden şikayet ederdi.

Babam kot pantolonunun üzerine diz boyu mavi montunu giymişti. Şehirde şapka takmayı sevmezdi, çünkü saçlarını bozardı. Ellerinde eldiven yoktu. Anahtarlarıyla birlikte ceketinin cebine sokmuştu.

E-Z havayı kokladı. Sinemanın içinde, içeri girip sipariş vermelerini bekleyen tereyağlı patlamış mısırın kokusunu alabiliyordu.

Afişlere bakıyorlardı.

"Peki ya şu?" dedi annesi.

"Hayır, E-Z bunu mu tercih ediyor?" dedi babası.

Gözlerini tekrar açtı.

Ailesi ve arkadaşlarıyla birlikte arka bahçede olmak yerine, yine silodaydı. Başmelekler anlaşmalarını bozduklarından beri oraya geri dönmemişti.

"Mutlu Yıllar!" diye bağırdı duvardaki ses.

Yanındaki duvarda bir panel açıldı ve içinden bir kek çıktı. Üstünde "Mutlu Yıllar, E-Z" yazıyordu. Ortasında tek bir mum yanıyordu.

"Afiyet olsun!" dedi ses, yanındaki masaya bir bıçak ve çatal bırakarak.

"Ah, teşekkür ederim," dedi. "Neden buradayım?"

"Bekleme süresi dört dakika," dedi sinir bozucu ses. "Lütfen oturmaya devam edin."

Sanki başka seçeneği varmış gibi.

BÖLÜM 1
DOĞUM GÜNÜ YARIDA KESILDI

E-Z, güzel görünmesine ve kokmasına rağmen önünde duran keke dokunmadı. Partide neler olup bittiğini merak ediyordu. En azından mumları üfleyip bir dilek tutana kadar pastayı kesemeyeceklerini biliyordu. Kendisi orada bile değilken evde bir doğum günü partisi!

"Çıkarın beni buradan!" diye bağırdı. "Kendi on beşinci doğum günü partimi kaçırıyorum ve bir hikaye anlatmanın tam ortasındaydım."

Silonun çatısı esnedi ve Eriel fırtınadaki bir şimşek gibi ona doğru yükseldi.

"Seni tekrar görmek güzel eski çırağım," dedi.

"Hislerimiz karşılıklı değil. Ben neden buradayım? Sizinle işimin bittiğini sanıyordum ve bugün doğum günüm - işime geri dönmeliyim."

"Evet, zamanlama için özür dilerim - ama en azından iyi bir doğum günü geçirmeni dilemeden doğum gününün geçmesine izin veremezdik."

"Teşekkürler, sanırım."

"Madem buradasınız, neden doğum günü kekinizi yemiyorsunuz? Ve bir dilek tutmayı unutma - alabileceğin her türlü yardıma ihtiyacın olacak!" dedi başmelek kıkırdayarak.

E-Z'nin yanında bir pencere açıldı ve elinde yanan bir kibrit taşıyan mekanik bir kol dışarı çıktı. Fitili tutuşturdu, sonra o kadar hızlı bir şekilde duvarın içine geri çekildi ki kibrit kendi kendine söndü.E-Z titreyen muma baktı. Son yorumun ne anlama geldiğini merak etti ama Eriel'in onu kandırdığını düşündü. Beyni bomboş kaldı. Dileyecek tek bir şey bile aklına gelmiyordu. Bunun dışında, arkadaşları ve ailesiyle birlikte doğum gününü kutlamak için eve geri dönmüştü. Mumu üflediğinde, Eriel şarkı söylemeye başladı. "Kimsenin inkâr edemeyeceği kadar iyi bir adam olduğu için" şarkısının gürültülü bir yorumuydu bu.

"Alınma ama," dedi E-Z, "Mutlu Yıllar şarkısını söylemen gerekirdi."

"Önemli olan düşüncedir," dedi Eriel. "Ziyaretinizin doğum günü bölümünü tamamladığımıza göre, bilmek isteriz, bilmeceyi çözebildiniz mi?"

"Bilmece mi? Ne bilmecesi?"

"Evet, geçmiş denemelerinizde bağlantılar kurmaya çalışmanızı önerdik. Seni kaşıkla beslemek istemediğimizi söylediğimizi hatırlıyor musun? Bunu yapabildiniz mi?"

"Oh, bu benim için öncelikli ya da çözmem gereken bir bilmece gibi görünmüyordu, özellikle de teklifinizi geri çevirdiğinizden beri. Ama evet, defterime yazıyordum, şimdiye kadar başardığımız şeylerin kaydını tutuyordum ve oyunla ilgili birkaç bağlantı fark ettim ama bunlar tamamen tesadüftü."

"Tesadüfi! Kesinlikle değil. Olaylar birbiriyle bağlantılı - bunu herkes görebilir!" Eriel öfkelenmemek için sesini alçaltarak konuştu.

"Ah, üzgünüm ama tesadüfler her zaman olur. Kaç çocuğun bilgisayar oyunu oynadığını biliyor musunuz? İnternette araştırdım. 2011 yılı itibariyle iki ila on yedi yaş arasındaki çocukların yüzde doksan birinin her gün oyun oynadığını söylüyor. Bu da dünya çapında yaklaşık altmış dört milyon çocuk demek."

"Ah, demek bu konuya odaklandın. Bu iyi bir şey. Bu konuda anladığınız başka bir şey var mı? Ya da herhangi bir endişeniz? Daha fazla araştırma yapmanız için herhangi bir neden var mı - araştırma iyidir. İnisiyatif almak çok çok iyidir."

"Hayır, okul ve diğer şeylerle oldukça meşgulüm. Ayrıca, bu konuyu daha fazla araştırmamı istiyorsan, önce bunun bir tesadüften öte bir şey olduğuna beni ikna etmen gerekecek. Birkaç istatistiğe daha göz attım. Örneğin, her zamankinden daha fazla kız oyuncu var. Birçoğu YouTube'da iş kurmuş ve geçimini sağlıyor. Elbette çocuklar değil ama internette okuduğum istatistiklere göre 2019 itibariyle oyuncuların yüzde kırk altısı kız."

Eriel uzun ve kemikli parmağını çenesine vurdu, sanki E-Z'nin ona söylediklerini düşünüyormuş gibiydi. "Ah, yine etkilendim. Bu istatistikleri endişe verici bulmuyor musun?"

"Hayır, bulmuyorum." Doğum gününü kaçırdığı için sabrı tükenerek derin bir nefes aldı. "Bunu bugün yapmamız önemli mi? Beni başka bir zaman buraya getiremez misin? Konuştuğumuz hiçbir şey kritik görünmüyor."

Eriel tıklamayı bıraktı ve sağ kaşı havaya kalktı. Doğum günü çocuğuna ters ters baktı.

"Yoksa öyle mi?" E-Z sordu.

Eriel cevap vermeden önce bekledi. Dilini kelimelerin etrafına doladı, sanki onları çıkarmakta zorlanıyormuş gibiydi. Sesinin tonunu sopranoya yükseltti ve "An-y-thin-g el-se a-bou-t tho-se t-wo in-ci-de-nts? An-y-thin-g to ca-use a-l-a-rm? Sana bir ateş yakmak için mi?"

E-Z, Eriel'in bunu açıkça söylemesini ve sadede gelmesini diledi. Bariz olanı söyleyerek ya da yanılmış olarak kendini utandırmak istemiyordu.

"Raphael haklıydı, sen biraz kalın kafalısın."

"Hey!" E-Z bağırdı. "Eğer yardımıma ihtiyacın varsa, bunu çok garip bir şekilde yapıyorsun." Parmağını kekin üzerindeki kremanın içinde gezdirdi ve parmağını emdi. Tadı güzeldi, pamuk şeker gibi. "Öldürmek. Biri beni öldürmeye çalışıyordu, diğeri de bir dükkândaki insanları öldürüyordu. İkisi de amaçlarının oyunla ilgili olduğunu söyledi."

"Tam isabet," dedi Eriel.

"Ve?"

"Boş ver!" Eriel, "Bir tuğla kadar kalın, bir tuğla kadar kalın, bir tuğla kadar kalın" şarkısını söyleyerek tavanda kayboldu.

E-Z yumruklarını havaya kaldırdı. "Buraya geri gel ve bunu yüzüme söyle!"

Eriel'in kahkahası duvarlardan sekerek çınladı.

PFFT.

"Ah, teşekkür ederim," dedi E-Z ve sonra kendini evine, partisine dönmüş buldu. Herkes meşguldü, oyunlar oynuyor, kendi işlerini yapıyorlardı - sanki o hiç orada değilmiş gibi - ki orada değildi.

Sam'in merdiven topunda sırasını almasını izledi. Bu işte pek iyi değildi ama E-Z yine de yanına gidip ikinci denemesini izledi. Atışını bitirip hedefi tamamen ıskaladıktan sonra yeğeninin yanına gitti.

"Görüyorum ki hâlâ bu oyuna alışmaya çalışıyorsun," dedi E-Z.

"Evet, bu sonradan kazanılan bir yetenek. Bu arada nereye gittin?"

"Eriel diğer şeylerin yanı sıra bana mutlu yıllar dilemek istedi."

"Çok nazikti. Değil mi?"

"Eriel'i bilirsin. Hiçbir şeyi sebepsiz yere yapmaz. Bu durumda, bir anıya dayanarak bir bağlantı kurmamı istedi."

"Neyin anısı? Ailenin mi? Kazanın mı?":

"Hayır, benden davayı başlatan iki kişi arasında bir bağlantı kurmamı istedi. Bu arada ben de yaptım. Sonra da tuğla gibi kalın kafalı olduğumu söyleyip gitti."

"Ne kadar kaba!" Lia haykırdı. Top atma oyunundan sıkıldığından beri konuşulanları dinliyordu.

"Hem de senin doğum gününde," dedi Alfred. Topları gagasını kullanarak fırlatmak zorunda kaldığı için Sam'den bile daha umutsuzdu.

"Denemek ister misin?" PJ topu E-Z'ye uzattı, o da sandalyesini hedefin önünde yeniden konumlandırdı ve topu fırlattı. Top üst basamağa çarptı, etrafında birkaç kez döndü ve en yüksek konuma indi.

"İşte böyle yapılır!" dedi Sam.

"PJ ve ben oyun boyunca böyle atışlar yaptık," dedi Arden.

"Ah, ama sen benim yeğenim değilsin," diye cevap verdi Sam.

Parti, hava daha fazla oyun oynanamayacak kadar kararana kadar devam etti ve herkes şarkı söylememeye karar verdi. PJ ve Arden evlerinin yolunu tutarken E-Z ve çetenin geri kalanı yatmaya gitti.

BÖLÜM 2
SORUN

E-Z'nin doğum günü partisindenikigün sonra, PJ ve Arden kendilerini biraz sıkıntı içinde buldular.

Bir şeylerin ters gittiğini gören Lia'ydı. İmgelemini Alfred ve E-Z'ye şöyle anlattı: "Sanki transa geçmiş gibiydiler. İkisi de masalarında oturmuş, boş bilgisayar ekranlarına bakıyorlardı."

"Bunda olağandışı bir şey yok," dedi E-Z. "Sık sık birlikte oyun oynuyorlar ve belki de uyuyorlardı."

"Gözleri açıkken mi?"

"Tamam, oraya gidelim," dedi E-Z.

"Gecenin bir yarısı!" Alfred haykırdı.

"Yine de kontrol etsek iyi olur."

Üçü gizlice evden çıktılar ve en yakın olduğu için önce PJ'inkine gitmeye karar verdiler.

Alfred, "Ailesinin bu kadar geç bir ziyaretten hoşlanacağını sanmıyorum," dedi.

"Anlayacaklardır," dedi Lia ön kapının zilini çalarken.

Birkaç dakika sonra uykulu bir adam gözlerini ovuşturarak pijamalarıyla kapıyı açtı: PJ'nin babası.

"Kim o?" diye seslendi annesi içeriden.

"PJ'in arkadaşları," dedi babası. "Bir sorun mu var?"

"Ah," dedi E-Z, "Rahatsız ettiğimiz için üzgünüz ama PJ'i gerçekten görmemiz gerekiyor. Acil bir durum."

"İçeri gelseniz iyi olur o zaman," dedi PJ'in babası.

BÖLÜM 3

DAHA ERKEN...

Akşamın erkensaatlerindePJ ve Arden Süper Kahraman Web Sitesi üzerinde çalışıyorlardı. Bilgileri güncellediler ve birkaç yeni unsur eklediler.

Eskiden bir yardım talebi geldiğinde gelen kutusuna bir e-posta gönderilirdi. Bir sonraki girişte bunu görüyor ve uygun şekilde yanıt veriyorlardı. Yeni sistemle birlikte E-Z, Arden ve PJ anında kısa mesaj alabilecek.

Buna ek olarak, talepte bulunan kişi zaman damgalı bir otomatik yanıt alacaktı. PJ ve Arden bu otomatik güncellemenin güveni artıracağından ve siteye daha fazla trafik getireceğinden emindi.

PJ ve Arden ayrıca bir Podcast ile bir YouTube Kanalı kurdular. Bu, bir beyin fırtınası oturumunda buldukları yeni bir şeydi. E-Z'ye bundan bahsedecekleri için heyecanlıydılar. Bu , The Three'nin çevrimiçi varlığını artırmak için mükemmel bir yol olacaktı. Ayrıca açık tartışma için bir Topluluk Panosu oluşturdular.

Sistem ayrıca gelen mesajları kategorize etti. Örneğin, bir kediyi ağaçtan kurtarmak. The Three bu hizmet için çok sayıda talep almıştı. Yerel yetkililer bu çağrıları yanıtlamak için daha donanımlı olduklarından, PJ ve Arden bunu Mavi Kod haline getirdi.

Mavi Kod, E-Z kediyi kurtarmak için oraya vardığında kedinin çoktan kurtarılmış olduğu anlamına geliyordu. Mavi Kod, yola çıkmadan önce durumun çözülüp çözülmediğini görmek için beklemesi gerektiğini gösteriyordu.

Sarı Kod, birisinin anahtarlarını unuttuğunu ya da anahtarlarını arabalarının içinde kilitlediğini gösterebilir. Yine, E-Z oraya vardığında durum çoktan halledilmişti. Yine tavsiye, yola çıkmadan önce beklemek ve kontrol etmekti.

Mavileri ve Sarıları kategorize ederek, E-Z ve ekibi daha önemli çağrılara, yani Kırmızı Kodlara odaklanabilecekti.

Kırmızı Kod, hayatların ya da uzuvların tehlikede olduğu durumlardı. Web sitesi kurulduğundan beri Üçlü bu kategoride sıfır talep almıştı.

Ne kadar çok şey başardıklarından memnun bir şekilde biraz stres atmaya karar verdiler. Çok oyunculu bir oyuna katıldılar.

"Üç kız," diye yazdı PJ Arden'a.

"Onları alt edebiliriz!" diye cevap verdi.

Oyun başladı ve ilk başta her şey her zaman olduğu gibi gelişti. Kızları dövüyorlar, seviyeden seviyeye çıkıyorlar, gördükleri her şeyi öldürüyorlardı. Sonra aniden her şey durdu.

BÖLÜM 4

P.J.'NİN EVİ

E-Z, Lia, Alfred ve PJ'in ailesi koridordan geçerek PJ'in odasına girdiler. Gördükleri şey çoğunlukla Lia'nın hayal ettiği gibiydi. Tek fark bilgisayar ekranının hâlâ açık olmasıydı. PJ mışıl mışıl uyurken ekran yanıp sönüyor ve titriyordu.

"Onun nesi var?" PJ'in annesi sordu. "Yatağında uyuyor olmalıydı. Duruşuna bir bakın. Muhtemelen susuz kalmıştır. Ona bir bardak su getireyim."

PJ'nin babası odanın diğer ucuna geçti ve oğlunun omuzlarını sarstı. Oğlunun uyanmasını bekliyordu ama uyanmadı. Bunun yerine sandalyesinde kaydı ve babası onu yakalamasaydı yere düşecekti. Oğlunu taşıdı ve yatağına yatırdı.

PJ'nin annesi döndü, suyu yan masaya koydu, sonra dudaklarını oğlunun alnına dayadı. "Ateşi yok," dedi.

PJ'nin babası oğlunun sağ göz kapağını kaldırdı ve sadece göz aklarının göründüğünü gördü. "911'i arayın," diye bağırdı.

PJ'nin annesi, "Hayır, bence aile doktorumuz Doktor Flannel'i aramalıyız," dedi. "Buraya daha önce de ev ziyareti için gelmişti. Acil bir durum olduğunda - ve bu kesinlikle acil bir durum."

"Bayan Handle," dedi E-Z, "O iyileşecek."

"Bay Handle Doktor Flannel'i aramak için odadan çıkarken, "Elbette iyileşecek," diye cevap verdi.

Doktor döndüğünde hep birlikte sessizce PJ'in uyumasını izlediler. Sanki ayağa fırlayıp saçmalamaya başlamasını bekliyorlardı. Bu tam da onun yapacağı bir şeydi. Onları kandırmak.

Bay Handle kıpır kıpırdı, otururken bacağını aşağı yukarı zıplatıyordu. Ayağa kalktı, odanın diğer ucuna geçti ve sabit diske bakmak için eğildi. Tekme atacakmış gibi ayağını kaldırdı, ama son anda fikrini değiştirdi ve kabloyu prizden çıkardı.

Bay Handle fişi bırakana kadar tüm vücudu titremeye başlarken onlar da onu izledi. Döndü ve onlara doğru yürüdü. Arkasından sabit diskten dumanlar çıkmaya başladı. Saniyeler sonra monitör ekranı çatladı.

"Yangın söndürücüyü kap!" Alfred seslendi ama E-Z çoktan bir bardak suyu kapmış ve kutunun üzerine fırlatmıştı. Cızırdadı ve ikisi de tamamen ölü olan ekrana katıldı.

PJ'in annesi kocasının yanına koştu ve oturmasına yardım etti. "Doktor geldiğinde sana da bakabilir," dedi. "Çok şanslısın. İkinizin de yaralanmasına dayanamam."

"Ben iyiyim," dedi Bay Handle.

Ama Üç'e hiç de iyi görünmüyordu. Solgun, biraz yeşil ve biraz da griydi.

"Telaşlanmayın," dedi Bay Handle. "Hızlı düşündüğün için teşekkürler, E-Z." Sonra karısına, "İyi ki o suyu getirmişsin."

"PJ bilgisayarının mahvolduğunu görünce çok kızacak."

"Şimdi, şimdi," dedi Bay Handle. "Anlayacaktır."

Üç kişi nefes alış verişinin normale döndüğünü ve solgunluğunun azaldığını fark edince, PJ'in daha iyi olduğu anlaşıldı.

Her şey yolunda göründüğünden, E-Z Arden'den bahsetti. "Siz doktoru beklerken, bizim de Arden'i kontrol etmemiz gerekiyor. Onun da benzer bir durumda olabileceğini düşünüyoruz."

"Sık sık birlikte oyun oynuyorlar ama buna ne sebep olmuş olabilir?" Bay Handle sordu.

"Bilmiyorum ama gidip Arden'i kontrol etmemin bir sakıncası var mı?"

"Sen git," dedi Bayan Handle.

"Lia burada seninle kalacak," dedi E-Z. "Bizi haberdar edebilir ve bize ihtiyacın olursa hemen geri döneriz."

"Teşekkürler, E-Z ve Alfred," dedi Bay Handle, onları ön kapıya kadar geçirirken.

BÖLÜM 5

ARDEN'İN YERİ

E-Z ve Alfred Arden'ın evine doğru yola çıktılar. Daha kapıyı çalmaya fırsat bulamadan, Arden'in babası Bay Lester kapıyı açtı.

"Nereden biliyorsun?" diye sordu.

E-Z ona gerçeği söyleyemedi. Onun yerine doğaçlama bir yalan uydurdu. "Hayatım boyunca Arden'in en iyi arkadaşı oldum, o yüzden bir sorun olduğunda anlarım. Onu görebilir miyim?"

Arden'in annesi Bayan Lester, "Elbette, odasına gelin," dedi. "Telaşlanmayın. Sadece uyuyor. Sabaha bir şeyi kalmaz."

Bay Lester karısının elinden tuttu ve onu koridorda Arden'in mışıl mışıl uyuduğu yere götürdü.

Alfred onu görünce, "Oh," diye haykırdı. "Şoka girmiş gibi görünüyor."

"Göz kapaklarının altına bak," dedi Bay Lester.

E-Z arkadaşının göz kapağını geri çekti. PJ'nin gözbebeği görülebiliyordu ama daha büyüktü ve her an göz çukurundan dışarı fırlayacakmış gibi görünüyordu. Göz kapağını tekrar üzerine kapattı.

Alfred Hoo-hoo'ladı. Lesters'ın duyduğu buydu. Dediği şuydu: "Buna ne sebep olabilir ki? Korku mu? Yoksa nöbet gibi daha ciddi bir şey mi?"

E-Z cevap vermeden omuz silkti. Lester'lar zaten yeterince korkmuş ve stresliydiler, ayrıca tek yapacakları tahmin yürütmek olacaktı.

"Onu tam olarak nerede buldunuz?" E-Z sordu.

"Bilgisayarının önünde oturuyordu," dedi Bayan Lester.

"Ekran açık mıydı?" diye sordu.

"Evet, açıktı," dedi Bay Lester. "Aile doktorumuzu aradık. Şu anda meşgul, başka bir telefon görüşmesi yapıyor ama bize geri dönecek."

"PJ'in evindeki Doktor Flannel'i aradılar bile. Lia'yı arayıp teşhis koyup koymadığını öğreneyim."

"Neredeyse aynılar," dedi.

"Neredeyse derken ne demek istiyorsun?"

Kendini odadan dışarı attı. Lester'ları zaten olduğundan daha fazla endişelendirmeye gerek yoktu. Telefona fısıldadı: "Gözbebekleri hâlâ görülebiliyor ama kocamanlar. Patlamak üzere olan yaralar gibi!"

"Oh, iğrenç!" Lia dedi ki. "Belki de hastaneye gitmeli?"

"Aile doktorlarını aramışlar ama şu an müsait değil. Dr. Flannel görüşünü bildirir bildirmez bana haber verin, ben de ileteyim. Ona Arden'ın gözünden bahsetmek isteyebilirsiniz, bakalım acilen hastaneye yatırılmasını tavsiye edecek mi?"

"Olur. İrtibatta olacağım."

Lester'lara her şeyi açıkladı. Boş yüzlerle önlerine bakıyorlardı. Bütün bunları nasıl karşıladıkları konusunda endişeliydi.

"Bir fincan çay isteyen var mı?" Bayan Lester sordu.

"Hayır, teşekkür ederim," dedi E-Z. Bayan Lester çayın çoğu sorunu çözebileceğine inanan annelerden biriydi.

Bay Lester karısını mutfağa kadar takip etti.

"Genelde onların oyunlarına katılmaz mısınız?" Alfred, E-Z ve kendisi Arden ile yalnız kaldıkları için sordu.

"Bazen," dedi E-Z, "Ama son zamanlarda boş zamanım olursa genellikle yazarak geçiriyorum. Bugünlerde kendime pek zaman ayıramıyorum."

"Anlaşılabilir. Çok fazla takılıyorsam özür dilerim."

"Hayır, sorun değil. Daha düzenli olmalıyım. Okul işleri gittikçe karmaşıklaşıyor, biliyorsun kariyer ve mezuniyet yolundayız. Nereye gittiğimizi bilmemizi istiyorlar ve biz henüz nerede olduğumuzu bile bilmiyoruz."

"O günleri hatırlıyorum ama bir yolunu bulursunuz. Her neyse, onlarla oyun oynamadığınıza sevindim - yoksa siz de onlarla aynı durumda olabilirdiniz."

"Doğru. Onları neyin bu kadar korkutabileceğini hayal bile edemiyorum... eğer olan buysa. Yani oyun oyundur, gerçek değil. Müthiş bir yarışma olmuş olmalı."

Lester'lar oğullarının odasına döndüler.

"Ne oldu?" Bayan Lester çığlık attı.

Arden'in göz kapakları artık açıktı ve içleri bembeyazdı. PJ gibi onun da gözbebekleri kaybolmuştu.

Bay Lester odanın içinde yürüyüp fişi çekmek için eğildiğinde E-Z bir deja vu hissine kapıldı.

"Dur!" E-Z bağırdı. "Dokunma ona!"

Bay Lester olduğu yerde dondu kaldı.

"Bay Handle ona dokunduğunda neredeyse elektrik çarpıyordu. Yapılacak en iyi şey onu rahat bırakmak."

"Tanrıya şükür buradaydınız ve beni uyardınız," dedi Bay Lester.

"Evet, teşekkür ederim E-Z. Oğlum ve kocam zarar görseydi bununla başa çıkamazdım. Yapamazdım." Odayı geçti ve kollarını kocasına doladı.

"Daha sonra bilgisayarı çöktü, ekranı kırıldı ve içinden duman çıktı," diye açıkladı E-Z. "Yani, PJ'in bilgisayarı cızırdadı, kızardı - tost oldu. Arden'in bilgisayarı ise hala sağlam. Eğer bilgisayara güvenli bir şekilde nasıl gireceğimizi bulabilirsek, belki onlara ne olduğunu öğrenebiliriz. Önce Sam Amca'yı arayıp yardımını istemeliyim. Kendisi teknisyen bir bilişimci olduğundan ne yapacağını bilir."

"Bekleyin," dedi Bayan Lester. "Bize PJ ve Arden'in aynı olduğunu mu söylüyorsunuz?"

Başını salladı.

"Ben hep bilgisayarların kötü olduğunu söylerdim!" dedi. "Benim Arden'im bir atlet. Dışarıda spor yapıyor olmalıydı, bilgisayar başında oturup zamanını boşa harcamamalıydı." Kadın kocasının göğsüne doğru hıçkırdı ve kocası da ona sarıldı.

"Bilgisayarlar okul için gereklidir," dedi Bay Lester. "Oğlumuz yanlış bir şey yapmadı ve eminim her an eski haline dönebilir. Biraz gözlerini kapatmaya ihtiyacı var. Biraz dinlenmeye, hepsi bu. İyi olacak."

Alfred Hoo-hoo'ladı.

E-Z'nin telefonuna bir mesaj geldi. "Lia, Doktor Flannel'in PJ'i olduğu yerde bırakmalarını söylediğini söylüyor. Gözlerinin kendiliğinden normale döneceğini söyledi. PJ'in acı çekiyor gibi görünmediğini söyledi. Kalp atışı ve nabzı normal. Dinlenmeye ihtiyacı var."

"Teşekkür ederim," dedi Bay Lester.

"Uğradığınız için teşekkür ederim," dedi Bayan Lester. "Herhangi bir değişiklik olursa size haber vereceğiz."

E-Z ve Alfred uzun bir ziyaretin ardından ayrıldılar ve Lia ile buluşup birlikte eve doğru yürüdüler.

"Merak etmeden duramıyorum," dedi E-Z, "PJ ve Arden'le olan bu şeyin bir deneme olup olmadığını. Eriel bir konuda endişelenmem gerektiğini ima etti. Hatta bunun peşinden gitmek istemem gerektiğini. Eğer öyleyse, bunu nasıl düzeltmem gerektiğinden emin değilim. Senin bir fikrin var mı? Sam Amca'nın Arden'ın bilgisayarına girmemize yardım etmesini sağlamak dışında - burada tamamen bir kayıp içindeyim."

Alfred, "Eğer bu bir duruşmaysa çok tuhaf," dedi. "Çünkü duruşmalar geçmişte kaldı, değil mi?"

"Öyle, ama eğer PJ ve Arden zarar görürse, o zaman bu işe karışmaktan başka çarem kalmaz. Başmelekler anlaşmamızı bozmuş olsalar bile."

"İkisi de öyle görünüyor ki, bu işin dışında. Senden ne yapmanı bekliyorlar? Senin iyileştirme gücün falan yok ki," dedi Alfred.

"Ama senin var!" dedi Lia.

"Var, ama kullanılabilir olduklarında. Zihinleriyle iletişim kurmayı denedim. Ama sanki boş gibiydiler. Onlara ulaşamadım. Onları iyileştirmek için bir tür bağlantı olması gerekiyordu. Ve bağlantı kurabileceğim hiçbir şey yoktu.

"Ariel'den yardım istesem mi diye kendime sorup duruyorum. O Doğa Meleği. Belki bana önerebileceği bir şey ya da benim yapamadığım ama onun yapabileceği bir şey vardır."

"Bu umut verici bir fikir," dedi E-Z.

WHOOPEE

Ariel geldi.

"Ne oldu?" diye sordu.

Alfred durumu açıkladı.

E-Z bunun baş meleklerin sonradan araya sokmaya çalıştığı bir duruşma olup olmadığını sordu.

"Her iki durumda da arkadaşlarına yardım etmelisin," dedi. "Onlara yardım etmek istiyorsun, değil mi?"

"Elbette istiyorum, ama ne yapmam gerektiği, bir duruşmada hangi eylemi gerçekleştirmem gerektiği genellikle daha açıktır."

"İnisiyatif alamadığın hakkında fısıltılar duymadım mı?" Ariel sordu.

E-Z öfkelenmemek için sesini alçaltarak, "Ne demek istiyorsun?" diye sordu. "Baş meleklerin inisiyatifimi sınamak için arkadaşlarımı komaya soktuğunu mu?"

Ariel gülümsedi. "Hayır, böyle bir şey ima etmiyorum. Ama eğer bu bir deneme olsaydı, onlara yardım etmek için ne yapardın?"

"Önüme bir deneme konduğunda beynim harekete geçer. Düzeltmek için ne yapmam gerektiğini bilirim ve gidip yaparım. Bu durumda, düzeltmek için ne yapacağıma dair hiçbir fikrim yok. Tıbbi tehlike altındalar. Ben doktor değilim."

Ariel kollarını kavuşturdu. "Ne denedin Alfred?"

"İkisinin de zihniyle bağlantı kurmaya çalıştım. Genelde insanları ya da yaratıkları iyileştirebiliyorsam bir bağlantı vardır - dış bir güç tarafından koparılmamış bir bağlantı. Her ikisinin durumunda da sanki kapı çarpılarak kapatılmış gibiydi ve ben onu kıramadım."

"O zaman kendi soruna kendin cevap vermiş oldun," dedi Ariel. "Yardımcı olabileceğim başka bir şey var mı?"

"Pek yardımcı olmadın," dedi Lia.

Alfred özür diledi.

WHOOPEE

Ve Ariel gitmişti.

"Onunla böyle konuşmamalısın," dedi Alfred. "Bize yardım edebilseydi, ederdi."

"Üzgünüm ama bizim bildiğimizden fazlasını bilmemeleri sinir bozucu. Onlar baş melek! Bizim bilmediğimiz bir şey biliyor olmalılar, yoksa ne anlamı var ki?" Lia sordu.

"Yani Haniel her zaman her sorunu çözebiliyor mu?"

Lia omuz silkti. "Tartışacak çok şeyim olmadı."

E-Z, "Eriel hiçbir işe yaramaz. Ondan ne zaman yardım istesem yardımını esirgedi. Evet, tavsiye verdi. Kendi başıma çözmemi söyledi.

"Mesela geçen sefer beni çağırdığında, bir tür komplo ya da bağlantı olduğunu ima etti.

"Bunun ne olduğunu tahmin ettiğimde - oyun oynamak - bir bağlantı olduğunu hala işe yaramazdı. Keşke bunu söyleselerdi. Öyle ya da böyle, o zaman iki arkadaşımı bu durumdan kurtarmaya odaklanabilirim."

"Ne demek istediğimi anladın mı?" Lia söyledi. "Bütün başmelekler tamamen işe yaramaz."

Alfred ona, "Gözlerini incittiğinde Haniel sana yardım etmişti," diye hatırlattı.

Lia ona sırtını döndü.

"Umalım da doktor haklı çıksın ve ikisi de sabaha kendilerine gelsinler," dedi E-Z. "Tek yapabileceğimiz bu."

Eve vardıklarında arka bahçeye girdiler. Küçük Dorrit'e selam verip güneşin doğuşunu izlediler ve bir sonraki hamleleri hakkında sohbet ettiler.

E-Z kafasını kurcalayan birkaç şeyin üzerinden geçti. Beyaz Oda'da onu noktaları birleştirmeye teşvik etmişlerdi. En son olarak Eriel bu noktaları daraltmasına yardım etti.

Dükkândaki kızın ona anlattığı her şeyi gözden geçirdi. Bir oyundaki gibi nasıl rehineler aldığını. Nasıl bir kostüm giydiğini, bu yüzden oyun içi bir ödül avcısı gibi göründüğünü.

Sonra, evinin dışındaki çocukla ilgili ayrıntıları gözden geçirdi. Çocuk, oyun içindeki sesler tarafından E-Z'yi öldürmeye gönderildiğini ve bunu yapmazsa ailesinin öldürüleceğini açıkça söylemişti.

Sonra Eriel ve diğer Başmeleklerin duruşmalara dahil olduklarını düşündü. Şimdi PJ ve Arden de işin içindeydi.

Başmelekler onu ele geçirmek için onları da işin içine çekecekler miydi? Bu onun suçu muydu - ona verdikleri bulmacayı çözmekte çok yavaş olduğu için mi? Başmelekler onunla işlerinin bittiğini söylemişlerdi. Denemeleri iptal etmişlerdi ve o da onların arkasını görmekten memnundu. Neden geri dönmüşlerdi ve onunla yeni bir bağlantı kurmaya çalışıyorlardı? Bu bir tesadüf olamazdı.

Alfred ve Lia'ya ne düşündüğünü söylemek için ağzını açtı - bunun yerine tekrar siloya indi. Ancak bu sefer konteyner metal yerine camdan yapılmıştı ve sandalyesi yoktu.

BÖLÜM 6
BAŞ AŞAĞI DÖNDÜ

E-Z cam bir balonun içinde baş aşağı asılı durmuş, yeryüzünün yemyeşil çimenlerini seyrediyordu. Yüksekteydi ve başı o kadar çok ağrıyordu ki patlayıp kabın her tarafına sıçrayacağından korkuyordu. Ama neyse ki bir şey onu yukarıda tutuyordu. Ne olduğunu bilmiyordu.

Siloda bulunduğu diğer zamanlardan farklı olarak, yerine sabitlenmemişti (ya da sandalyesi sabitlenmemişti). Onu endişelendiren bir diğer şey de bu şekilde baş aşağı asılı dururken Eriel'in geldiğini göremeyecek olmasıydı. Kokusunu da alamayacaktı.

Eriel'i düşündüğü anda konteynırın yeri değişti. Düşmekten korkuyordu. Bir şeylere tutunmak istiyordu ama havadan başka tutunacak bir şey yoktu. Kollarını kendi etrafında sardı. Sonra bir hareket hissetti. Cam oda saat yönünde yüz seksen derece döndü. Başı anında daha iyi, daha berrak hissetti ve dikkatini kendini dışarı çıkarmaya verdi. Ne kadar erken olursa o kadar iyiydi.

Ancak çok geçti, şey yer değiştirdi, sonra yüz seksen derece daha döndü. Onu başladığı yere geri götürdü.

Eriel yüzünü cama dayayarak, "Nasılsın Doody?" diye bağırdı. Sonra kapıyı çaldı ve "Beni içeri al, beni içeri al" diye şarkı söyledi.

"Çıkarın beni buradan!" E-Z çığlık attı.

"Sakin ol," diye mırıldandı Eriel. "Kalbimin iyiliği için buradasın. Sana şahsen söylemek istedim: arkadaşların tehlikede."

"PJ ve Arden'i mi kastediyorsun?" Eriel başıyla onayladı. "Bunu zaten biliyorum! Seni koca soytarı!"

"Sopalar ve taşlar kemiklerimi kırabilir ama isimler bana asla zarar veremez," diye şarkı söyledi Eriel.

"Eğer beni buradan çıkarmazsan -hemen şimdi- o zaman sana taşların ve sopaların yapabileceğinden daha fazlasını yaparım!"

Eriel kemikli parmağını çenesine vurdu. Ne de olsa hâlâ sağ tarafı yukarıdaydı ve bu da E-Z'nin içinde bulunduğu perspektife göre bir avantajdı.

"Bilmeni isterim ki, arkadaşların tehlikede olsa da endişelenmene gerek yok. Onlar süper kahraman tehlikesinde değiller." Durakladı. "Küçük bir kuş bana senin gözünden başka bir deneme daha kaçırmaya çalıştığımızı düşündüğünü söyledi... ama öyle değil. Onları kadere bırakın."

"Süper kahraman tehlikesi altında değiller de ne demek?" E-Z çığlık attı.

Eriel ortadan kayboldu ve cam kap düştü. Çırpındı, kendini dengeledi. Tekrar düştü. Bu böyle devam etti, ta ki kafatasının az sonra bir yumurta gibi kırılıp kaldırıma düşeceğinden emin olana kadar.

Sonra Alfred'i gördü, çimenlerin kenarında otları kemiriyordu.

"Hey!" E-Z bağırdı. "HEY!"

Alfred yemeyi bıraktı ve paytak paytak yanına geldi. Cam bir balonun içinde baş aşağı asılı duran arkadaşını gördü.

"Orada ne yapıyorsun?" diye sordu trompetçi kuğu.

"Eriel!" E-Z haykırdı.

"Yeterince konuştuk. Gidip Sam'i uyandıracağım. Umarım seni oradan çıkarmak için ne yapacağını biliyordur."

"İyi fikir ve ona sandalyemi getirmesini söyle."

E-Z beklerken kendine lanet okudu. Eriel'den daha fazla bilgi talep etme fırsatını kaçırmıştı. Bir kurban gibi davranmıştı. En iyi iki arkadaşını hayal kırıklığına uğratmıştı.

Bir plan hazırladı. Buradan çıktığımda Eriel'i bulacağım ve PJ ile Arden'ı nasıl kurtaracağımı anlatmasını sağlayacağım. Beni bir daha asla bu duruma sokmayacağına yemin ettireceğim.

Dur bir dakika. Eğer PJ ve Arden süper kahraman tehlikesinde değillerse. Ne tür bir tehlike içindeydiler? Kurtarılmaya ihtiyaçları var mıydı? Yoksa Doktor Flannel bunu atlatıp yakında eski hallerine döneceklerini söylerken haklı mıydı?

"Onları kadere terk et" ifadesini sevmiyordu. Kendi kaderimizi kendimizin çizdiğine inanıyordu ve iki arkadaşı komadaydı. Kendilerine yardım edemezlerdi, o yüzden onlara yardım edecekti. Eriel ne derse desin.

Sonunda Sam Amca elinde büyük bir alet sallayarak dışarı çıktı. "Bu bir cam kesici," dedi. "Bir gün televizyondaki reklamlardan birinde satın aldığımda işe yarayacağını biliyordum. Camı tereyağı gibi kesebildiğini söylüyorlardı. Bakalım yanlış reklam mıymış?" Alt tarafı kesti. Yavaşça. Dikkatlice.

"Hey, acele et, burada boğuluyorum! Güneş doğarsa kızaracağım."

"Sabırlı ol, sevgili oğlum," diye mırıldandı Alfred.

"Neredeyse geldik," dedi Sam. Kesici kabın dibini yararken Sam dizlerinin üzerine çökmüş, ilerliyordu. Bu sırada pijamasının dizleri nemli çimenleri yudumluyordu. "Sanırım Eriel'in senin orada olmanla bir ilgisi var?"

"Olumlu."

Sam kesmeyi bitirdi ve yeğenini serbest bıraktı, sonra da tekerlekli sandalyesine binmesine yardım etti.

"Teşekkürler Sam Amca."

"Bir şey değil. Şimdi açıklar mısın lütfen?"

"Çok yorgunum. Açıklayamayacak kadar da sinirliyim. Lütfen bunu sabah yapabilir miyiz?"

Güneş ufka doğru ilerlerken kızıla boyanıyordu.

Birkaç saat içinde E-Z'nin arkadaşlarını kontrol etmesi gerekecekti. İyi olacaklarını umuyordu. Normale dönmelerini. O zaman bunu bir an bile düşünmek zorunda kalmayacaktı. Eğer değillerse... eğer değillerse. Her iki durumda da biraz uyuduktan sonra her şey daha iyi olacaktı.

Alfred, "Ona her şeyi açıklayabilirim," diye teklif etti.

"Bu konuda ne biliyorsun ki? Dikkatini çekmek için sana bağırmak zorunda kaldım."

"Oh, her şeyi gördüm. Burada ne yaptığımı sanıyorsun? Yardım istemeni bekliyordum. Eriel zamanını bölmek istemedim."

"Bölmek. Çok komik. Tamam, onu bilgilendir. Ben biraz kestirmeye gidiyorum. Artık düşünemeyecek kadar yorgunum." Rampadan tekerlekli sandalyeyle eve girdi ve giyinik bir şekilde yatağına uzandı.

E-Z rüyasında yedinci doğum günü olduğunu gördü. Ailesi kapalı sanal oyun parkını kiralamıştı. Toplam on iki çocuğu davet etmişti, yani on üç kişiydiler ve bir takımda fazladan bir oyuncu olması gerekiyordu. Onun günü olduğu için takımları çağırdılar ve en son seçilen kişi kendi takımına girdi. Kendilerine Top Kırıcılar adını vermişlerdi. Kyle Marshall liderliğindeki diğer takım ise kendilerine Bat Shitz diyordu.

E-Z'nin takımı "Bu ismi kullanamazsın," diye çıkıştı. "Bu neredeyse bir küfür."

"Ah, bir daha düşünün," dedi Marshall. "Yazılışı Shitz. Adımızı köpeğimden alıyoruz. O bir Shitz-hu."

"Hadi oynayalım," dedi E-Z.

PJ ve Arden E-Z'nin takımındaydı. Kasırga üçlüsü takımı, hareket edemeyecek kadar yorulana kadar Bat Shitz'in takımının kıçını tekmeledi.

"Yemek hazır," diye seslendi E-Z'nin annesi. Ailesi bitişikteki restoranda bekliyordu. Bir sürü pizza, kova kova meşrubat ve sonunda mumlarla dolu bir pasta sipariş etmişlerdi.

Çocuklar oyun alanından birlikte ayrıldılar. Çok geçmeden Arden beyzbol şapkasını geride bıraktığını fark etti.

"Onu bırakamam! Geri dönmek zorundayım!"

"Biz de seninle geleceğiz," dedi E-Z. "Anneme söylemem için bana bir saniye ver."

"Ben ona haber veririm," dedi yakınlardaki Kyle.

E-Z, PJ ve Arden geri döndüler. Şapkayı bulamayınca yürümeye devam ettiler.

"Buralarda bir yerde olmalı!" Arden dedi ki.

"Bu kadar uzakta olduğunu düşünmemiştim," dedi E-Z.

"O akbabalar biz dönene kadar bütün pizzayı yiyecekler," dedi PJ.

"Merak etme, Bayan Dickens bize biraz yiyecek ayıracak. Uzun süre kalmayacağımızı biliyor."

Koridor başka bir binaya, başka bir yere doğru genişledi. Önlerinde devasa bir giyotin duruyordu. Bıçağın tepesinde Arden'ın şapkası vardı. Bıçağın üzerinde bir işaret vardı. Hâlâ kırmızı boya ya da kan damlıyordu. "Kafa buraya gider" yazıyordu.

"Rüya mı görüyoruz?" Arden sordu. "Çünkü beyzbol şapkama o kadar da ihtiyacım yok."

"Dinleyin. Sesler," dedi E-Z.

Fısıltılar, çok sessiz, ama mırıltılar. Önce yalnız bir kadındı. Sonra bir başkası düet için katıldı. Sonra bir başkası üçlü olarak katıldı. Fısıltılar bir ilahiye dönüştü.

"Hiçbir kelime çıkaramıyorum," dedi PJ.

"Şşşt," dedi E-Z, parmağını dudaklarına götürerek.

Sesler şarkı söylerken,

"B-bağlantısı ve sen ölüsün.

B-link ve sen öldün.

B-link ve sen ölüsün, B-link ve sen ölüsün," Happy Birthday to you melodisi eşliğinde.

"Bu çok ürkütücü!" PJ dedi ki.

"Geri dönelim," dedi Arden, içeri girdikleri kapı çarparak kapanırken ve ayak sesleri koridor boyunca yankılanırken.

Ayak sesleri daha da yükseldi.

CLANK. CLANK. CLANK.

Zincir zırh. Yaklaşıyor. Çizmeli ayaklar. Bir asker. Çok uzun bir figür, kapüşonlu. Gümüş bir şey taşıyordu: bir bıçak bileyici.

Giyotinin ayağına ulaştığında, kukuletalı figür cebinden bir tüy çıkardı. Bıçağa dayadı. Bıçağı tereyağı gibi kesti. Yine de devam etti ve daha da keskinleştirdi. Bıçağı keskinleştirirken, yaptığı işten zevk alıyormuş gibi, nefesinin altından mırıldandı.

"Sanki giyotin bıçağı yeterince keskin değilmiş gibi!" PJ fısıldadı. "Çıkarın beni buradan!"

Arden kapıya doğru koştu ve kapıya vurmaya başladı. "E-Z bizi buradan çıkarmalısın! Bize yardım etmelisin! Lütfen bize yardım et!"

MESAJ YÜKLENIYOR.

PJ ve Arden'ın yüzleri ekranda belirdi. İki kelime söylediler:

"ONLARI UYARIN."

E-Z uyandığında Sam Amca'nın yumruklarını yatak odasının kapısına vurduğunu duydu. "Kalk E-Z, Lia'yı bulamıyoruz!"

Artık uyandığına göre, Lia'nın kendisiyle iletişim kurmaya çalıştığını fark etmişti. Onu bilgilendirmek için. Telefonunu kontrol etti. Güncelleme içeren bir mesaj.

"Sorun yok," dedi E-Z, "PJ'le birlikte. Samantha'ya iyi olduğunu söyle. Yakında onu ve Arden'ı görmeye gitmem gerek. Alfred nerede?"

"Bahçede," dedi Sam. "Gitmeden önce kahvaltı etmek ister misin?"

"Izgara peynirli sandviç iyi gider. Teşekkürler."

E-Z giyinirken rüyasını düşündü. Çocuklar, yedi yaşındayken paylaştıkları ortak bir olay aracılığıyla onunla konuşuyorlardı. Tüm bunların ne anlama geldiğini çözmesi gerekiyordu. Onları uyarmak mı? Tam olarak kimi uyaracaktı? Bu kesin bir ipucuydu ama tam olarak kimi uyarmasını istiyorlardı?

Evet, ona bir şey söylemeye çalıştıklarından kesinlikle emindi ama tam olarak ne? Bir kez daha her şeyin Eriel'le ilgili olduğuna dair içinde sinsi bir şüphe vardı.

Önce Arden'in evine gitti ve zavallı adam daha önce olduğu gibi yatağında zombi gibi yatıyordu. E-Z ve Alfred içeri girdiğinde yanında bir doktor vardı.

"Teşhis nedir?" E-Z sordu.

"Önce şu kümesi buradan çıkarın!" diye haykırdı doktor.

Alfred protesto edercesine hoo-hoo'ladı ve paytak paytak uzaklaştı. Dışarıda biraz ot kemirdi ve tüylerini temizledi.

Doktor Bay ve Bayan Lester'a baktı, "Bu çocuğun ne kadarını bilmesini istiyorsunuz?"

"Bu E-Z, Arden'in en iyi arkadaşlarından biri."

"Kim olduğunu biliyorum, onu televizyonda insanları kurtarırken gördüm."

E-Z ne diyeceğini bilemediği için bir şey söylemedi ama doktorun tavrından hoşlanmamıştı.

"Arden komada."

"Evet, ben de öyle düşünmüştüm. Peki ne zaman çıkacak? PJ'in de aynı durumda olduğu Handle home'daki Dr. Flannel yakında normale döneceğini söyledi."

"Bunu bilmiyorum. Vücudu onu bir şeyden koruyor, o yüzden yeterince iyi olduğunda uyanacaktır. Bu süre zarfında birisinin yedi gün yirmi dört saat yanında olmasını öneririm." Sonra Lester'lara, "İkiniz de bir hemşire tutmak için çalışsanız iyi olur. Birini tavsiye edebilirim. Evden çalışabilirseniz en iyisi bu olur. Birkaç gün içinde sizi tekrar kontrol edeceğim."

"Birkaç gün içinde," diye tekrarladı Bay Lester.

Bayan Lester doktoru evden dışarı çıkardı.

E-Z de onu takip etti. "Yardım edebileceğim bir şey olursa, yanında nöbet tutabilirim, sormaktan çekinmeyin. Ben şimdi PJ'lere gidiyorum. Lia zaten orada ve aynı şekilde mesaj attı."

"Bizi haberdar edin ve PJ'in ailesine sevgilerimizi iletin."

Alfred'le yeniden bir araya geldiklerinde E-Z "Tamam," dedi. İkisi de yerden havalandı ve PJ'in evine doğru uçtu.

Yan yana uçarlarken Alfred, "O doktordan pek hoşlanmadım. Bir insan hayvanlara karşı kaba davranıyorsa... ona güvenmem."

"Seni anlıyorum ama o sadece işini yapıyordu."

"Biz kuğular herhangi bir salgına neden olmadık ya da... neyse. Kuş gribini unutmuşum - ama o da insanlar yüzünden oldu."

PJ'in evine indiklerinde Lia kapıyı açmış onları bekliyordu.

"İkinizin arası nasıl?" diye sordu.

"İyi," dedi Alfred.

"Ah, Arden'in doktoru onu odadan attığı için biraz sinirli ama ben iyiyim, teşekkürler. Ya sen?"

"Ben iyiyim ama PJ'in ailesi aklını kaçırıyor ve iyileşme belirtisi yok."

"Doktoru geri çağırdılar mı?" Alfred sordu.

"Hayır. Onlara umut verdi ama başka bir şey söylemedi, çoğunlukla da kendine geleceğini söyledi.

Ama yanıldığından endişeleniyorum." Biraz kızararak durakladı.

"Oh, bir şey daha, onun elini tutarken." İkisine de ters ters baktı. "O, şey, hayal mi ettim yoksa gerçekten mi yaptı emin değilim - ama elimi sıktığını sandım."

"Onunla kaldığınız için teşekkürler. Ailesiyle nöbetleşe kalmalıyız, böylece kimse çok yorulmaz. Şimdi eve gidip annenle biraz vakit geçirebilirsin. Muhtemelen seni merak ediyordur." El tutma olayından bahsetmesine imkân yoktu.

"Sen gittiğinde ben de giderim o zaman," dedi Lia, PJ'lerin odasına doğru ilerlerken.

Alfred, Lia ve E-Z şimdi PJ ile baş başa kalmışlardı.

"Dün gece garip bir rüya gördüm. PJ, Arden ve ben yedinci yaş günümdeydik - ama olaylar o zamanki gibi değildi. Paylaştığımız bir olay aracılığıyla benimle iletişim kurmaya çalışıyorlardı ama ne söylemeye çalıştıklarından emin değilim."

"Bize rüyanı anlat," dedi Alfred. "Ve hiçbir şeyi atlama."

"Evet, anlat bize, bakalım yorumlamana yardımcı olabilecek miyiz?"

"Şey, normal başladı. Arden beyzbol şapkasını unutana ve biz, üçümüz onu almak için geri dönene kadar her şey o günkü gibi devam etti."

"Yani beyzbol şapkasını gerçek partide kaybetmedi mi?"

"Hayır, kaybetmedi. Aslında şapkasına o kadar takıntılıydı ki, sık sık şapkasının kafasına yapışmış olmasıyla dalga geçerdik. Yani bu rüyanın önemli bir parçasıydı. Oyun alanına geri dönüyorduk ve koridor bıraktığımızdan çok daha uzun görünüyordu.

Uzun bir süre yürüdük. Eskiden yaptığımız gibi sohbet ediyorduk. İlk başta fark etmemiştik, epeydir yürüyorduk. Arden şapkayı olduğu yerde bırakmayı düşündü çünkü oraya varmak çok uzun sürüyordu ama biz onu almaya karar verdik. Şapkanın onun için manevi değeri olduğunu söyledi."

"İlginç," dedi Lia. "Kasketi neden bu kadar çok sevdiğini biliyor musun?"

"Her zaman takardı çünkü takımı seviyordu. Gerçek hayatta takımın kendisi dışında herhangi bir duygusal bağ olduğunu hiç bilmiyordum. Rüyamda da o söyleyene kadar bilmiyordum. Sonra koridorun boyutu genişledi ve kendimizi oditoryum gibi büyük, havadar bir odada bulduk. Odanın ortasında devasa bir giyotin vardı."

"Ne! Ne kadar tuhaf!" dedi Alfred.

"Biraz korkutucu," dedi Lia.

"Dahası da var. En tepede, bıçağın üzerinde Arden'in şapkası ve altında da bir tabela vardı: Kafa buraya gider."

Lia ve Alfred'in nefesi kesildi.

"Arden artık şapkayı pek sevmediğini söyledi. İşte o zaman hava karardı ve bize doğru gelen ağır ayak sesleri duyduk. Çizmeler. Zincir ya da zırh tıkırtıları. Sonra ışıklar geri geldi ve kafasında kukuleta olan bir adam içeri girdi. Giyotine gitti ve bıçaklarını birbiri ardına biledi."

"Sonra ne oldu?" Alfred sordu.

"Sonra YÜKLENİYOR yazan bir bilgisayar ekranı açıldı ve ikisinin görüntüsü belirdi. İki kelime söylediler:

"ONLARI UYARIN."

"Sonra ne oldu?" Alfred tekrar sordu.

"Sonra Sam Amca beni uyandırdı ve Lia'nın nerede olduğunu bilip bilmediğimi sordu."

"Bu çok fazla bir şey değil," dedi Lia, "O şapkayı seviyor muydu? Ve kimi uyarmalıydı?"

"Arden'in tuttuğu takım Boston Red Sox'tı ve hâlâ da öyledir. Şapka ona bir hediyeydi - gerçekti - ne olursa olsun onu asla geride bırakmazdı. Yine de en az iki kez onu rüyasında bırakmayı düşündü."

"Ama onu almak için kafasını giyotine sokacak kadar hevesli değildi," dedi Alfred.

"Kim isterdi ki!" Lia sordu.

"Keşke Arden'in bilgisayarını kullanabilseydik. Eminim orada bir ipucu vardır. Eminim bir dosyası vardır, bulabileceğim gizli bir şey. Belki de rüya bununla ilgiliydi. Ve bana ipucunu neden verdiğini."

Lia telefonunda giyotin olan bir rüyanın anlamını internetten araştırdı. "Korku ya da endişeyi temsil ettiğini söylüyor. Bir konuda dışlanmak ya da utanmak."

"Sanırım bir fikrim var," dedi E-Z telefonundaki kişiler listesinde gezinirken.

"Dur bir dakika," dedi Alfred, "Sam'i ara."

"Haklısın, belki de önce ona danışmalıyım." Sam'i hızlıca aradı ve durumu açıkladı. Sam hemen Arden'lara geleceğini, onunla orada buluşmaları gerektiğini söyledi.

"Burada her şey yolunda mı?" PJ'in annesi sordu. "Bir içki ya da başka bir şey ister misin?"

"Hayır, teşekkür ederim ama Sam Amca Arden'e gidiyor ve biz de onunla orada buluşacağız. Arden'in bilgisayarına bakıp en son ne yaptığını öğreneceğiz. Ne yazık ki PJ'in bilgisayarı çalışmıyor."

"Bu zekice bir fikir. Arden'in ailesinin de bir doktor çağırdığını duyduk, yardımı oldu mu?"

"Hayır, olmadı."

"Bir şey duyarsak sizi haberdar ederiz," dedi Lia, PJ'nin alnına dokunurken.

"Sen iyi bir kızsın," dedi PJ'nin annesi. Sonra gözyaşlarına hâkim olamayarak odadan çıktı.

Arden'ın evine vardıklarında Sam dışarıda onları bekliyordu. Yanında dizüstü bilgisayarı, bilgisayar aletleriyle dolu bir çanta ve başka ufak tefek şeyler vardı.

Birlikte içeri girdiler ve Sam kendi bilgisayarını odanın diğer tarafına kurdu, sonra da Arden'in kurulumuna bir göz attı. Bilgisayar doğrudan duvar prizine takılıydı. Beklenmedik dalgalanmalar için koruyucu bir güç çubuğu yoktu. Çantasında her zaman bir tane taşıması iyi bir şeydi.

Güvenlik güç çubuğunu sabitledikten sonra Arden'in bilgisayarını prize taktı. Beklediler - ve hiçbir şey olmadı. Bunu iyiye işaret sayarak gücü açtı ve Arden'in bilgisayarı canlandı. Bir şifre gerekiyordu. Hiçbirinin bilmediği bir şifre.

"Tahmini olan var mı?" Sam sordu.

E-Z Boston Red Sox yazdı. Arden'ın göbek adı olan Daniel'ı denedi. Olmadı.

"Giyotini dene," diye önerdi Alfred.

"Bingo!" E-Z artık tek yapması gerekenin geçmişi araştırmak olduğunu söyledi.

"İzin ver," dedi Sam, ayarlara tıklayıp sıra dışı bir şey ararken. Sıra dışı bir şey yoktu.

"En son yaptığı şey neydi? Bir oyun mu oynuyordu?" E-Z sordu.

Sam öğrenmek için tıkladığında, dalgalanma olmayan dalgalanma çubuğu alev aldı. Sam Amca ateşi söndürmek için koştu, geri döndüğünde E-Z ateşi bir battaniyeyle çoktan söndürmüştü. "İyi düşünmüşsün," dedi.

"Umarım Arden'in annesi de böyle düşünüyordur!"

"Sabit diski al!" Sam dedi ve kızarmadan önce bunu yaptı. "Şimdi bunu yanımıza alalım ve ne görebileceğimize bakalım."

BÖLÜM 7
TARTIŞMA

Evlerine doğru yol alırken E-Z hâlâ "Onları uyarın" mesajını düşünüyordu. Bir rüyadan daha fazlası olabilir miydi?

"Merak ediyorum," dedi.

"Ne hakkında?" Sam sordu.

E-Z rüyasını ve mesajı anlattı, sonra da ne düşündüklerini görmek için yeni fikrini ekledi.

"PJ ve Arden gelecekte Podcast yapabilmemiz için web sitesinde bir şeyler ayarladılar. Kimi uyaracağımıza karar verdikten sonra bunu kullanıp kullanmayacağımı merak ediyorum. Çok sayıda insana ulaşabileceğimiz kesin."

"Bu harika bir fikir!" Sam, "Ama şimdi bir takipçi kitlesi oluşturmamız gerekmez mi? Böylece uyarıyı iletmeye hazır olduğumuzda zaten bazı abonelerimiz olacak?"

"Ne diyebilirim ki?"

"Bunu bir düşünelim," dedi Lia. "Biz de hemen yanında olacağız."

"Konuşmanın bir kısmını yapmak bana uyar."

Eve vardıklarında içeri girdiler.

BÖLÜM 8

BRANDY YAŞIYOR

Onu ilkgördüğündeortak noktaları müzikti. Piyano çalıyordu, ortalamadan daha iyiydi ama olağanüstü iyi değildi. Müzik öğretmeni onun doğal bir yeteneği olduğunu söylemişti - bu ne anlama geliyorsa artık. Ama sadece onun için bir anlamı olan şarkıları çalabiliyordu. O zaman onları hatırlıyor ve hemen çalabiliyordu. Ancak onu sevmediği bir şeyi çalmaya zorlamak, ders almaktan nefret etmesine neden oldu.

Yine de devam etti. Nefret etse bile kendini zorladı. Sahte bir şekilde okul bandosuna girebileceğini umuyordu.

Ailesi ödedikleri onca dersin karşılığını göstermek için bir şeyler istiyordu. Okul aktivitelerine daha fazla katılması için bando takımına girmesi konusunda ısrar ettiler.

"Üniversite başvurunda iyi görünecek," dedi babası.

"Elinden geleni yap, tek istediğimiz bu. Elinden gelenin en iyisini yap!" dedi annesi.

Ancak, bu yılki lise seçmeleri yetenekli çocuklarla doluydu. O salona girdiğinde yetenekli bir erkek davulcu sahnede performansını sergiliyordu bile.

Terleyen avuç içleri ve çarpan kalbiyle sıra boyunca ilerledi. Öğrenciler ve öğretmenlerden oluşan bir sıra alkış tutuyor ve ayak parmaklarına vuruyordu. Her vuruşta zeminin nabzının attığını hissedebiliyordu.

Bir robot gibi, sahneye olabildiğince yaklaşana kadar oditoryumun kenarı boyunca yürümeye devam etti.

Şimdi gizlice kapıdan çıkıp kulise gitti. Güvertedeki diğer sanatçılarla birlikte durdu ve sanki hep oradaymış gibi alkışladı.

Harika bir plandı. Herkes onun seçmelerine o kadar dalmıştı ki, sıraya girdiğini fark etmemişlerdi bile.

"Kim bu?" diye fısıldadı sıradaki önündeki kıza.

"Şşşşt!" diye cevap verdi bekleyen diğer sanatçılar.

Adam kot pantolonunu giymiş, sarı saçları sallanıp zıplarken davul çalmaya devam etti. Sonra mikrofona doğru eğildi ve derin melodik sesi ritme katıldı.

Biraz daha yaklaştı ve bunu yaparken daha önce olmayan bir kaşıntı fark etti. Avuç içlerinde, kollarında, bacaklarında. Kaşıdı ve hiçbir rahatlama bulamadı.

Aslında daha da kötüleşti ve kısa süre sonra sanki cildi yanıyor gibiydi. Sonra solunumu kötüleşti ve kalp atışları yavaşladı.

"Sakin ol," diye fısıldadı hem yüksek sesle hem de içinden.

Hareket halindeki bir aracın içinde uyanmadan önce hatırladığı son şey buydu.

BÖLÜM 9
BRANDY HAKKINDA

Araç otoyolda hızla ilerliyordu. Kız arka koltuktaydı. Kimin arabasındaydı? Tanıdığı bir araç değildi.

Doğrulmaya çalıştı; başı acıyordu - sanki içinden bir tren geçiyormuş gibi. Bir an için gözlerini kapadı ve oraya nasıl geldiğini anlamaya çalışarak dinledi. Arabanın kendisi tuhaf, yeni ve aynı zamanda eski kokuyordu.

PFFT.

Havalandırmadan midesini bulandıran bir koku yayıldı ve kustu.

"Hey, arabanın içine dikkat et," dedi bir erkek sesi. "Bu deri, gerçek bir şey." Telefonu çaldı ve vizördeki bir mikrofon aracılığıyla telefona konuştu. "Evet, birazdan orada oluruz," dedi. Bağlantıyı kestikten sonra telsizin sesini açtı.

Elleri filmlerde gördüğü gibi arkasından değil, önünden, emniyet kemerinin hemen üzerinden bağlanmıştı. "Eve gitmek istiyorum!"

"Yakında," diye cevap verdi erkek sesi bir Drake şarkısının nakaratı eşliğinde.

Otuz dakika kadar sürdüğünü düşündüğü bir yolculuktan sonra, adam arabayı benzin istasyonuna çekti. Onu içeri kilitledi, sonra kapıyı arkasından çarptı ve tek kelime etmeden onu yalnız bıraktı.

Tekrar kusmamak için kendini zor tutarak pencereden dışarı baktı. Onu kaçıran ya da kaçıran her kimse içeri girmişti. Umarım fidye istemeyi planlayan bir adam değildir diye düşündü. Ailesinin onu geri getirmek için ödeyecek parası yoktu. O ana odaklandı, kapıların kollarının olmadığını ve camı açmak için kullanılan düğmelerin çalışmadığını fark etti.

Arabanın diğer tarafında benzin pompalayan bir adam gördü.

"YARDIM EDİN!" diye bağırdı, elinden gelen her şeyi yaparak. Bunun tek fırsatı olabileceğini biliyordu.

Adam cevap vermeyince elindeki sopayı kapalı camlara vurmaya başladı. Bu akvaryum gibi arabanın içinde ses çıkarmak çok zordu. Arkasına baktığında onu kaçıran kişinin yanında bir kutu gazoz ve iki çikolata ile arabaya dönmekte olduğunu gördü. Direksiyona geçtiğinde bir çikolatayı omzunun üzerinden ona doğru fırlattı. Yakalayamadı, o türden nefret ederdi, yakın zamanda kusmuş olduğundan bahsetmiyorum bile.

"Susadım," dedi.

"Ne istiyorsun?" diye sordu, sonra içeri girdi ve neredeyse hemen bir şişe suyla çıktı.

Kapağını açtı ve kadının ellerine tutuşturdu. Elleri bağlı olmasına rağmen, birkaç denemeden sonra ağzına biraz su almayı başardı. Tişörtünün önünden su damlıyordu. Aldırmadı, barut kokusunun bir kısmını temizlemişti.

"Teşekkür ederim," dedi.

Birkaç dakika sonra tekrar otoyola çıkmışlardı. Adam hızlandı, emniyet şeridine geçti ve kızın emniyet kemeri çözüldü. Kadın arabanın arkasında, yönsüz yuvarlanan tek bir zar gibi yuvarlandı.

"Kes şunu, seni deli!" dedi adam, kadın elleri bağlı bir şekilde emniyet kemerini yeniden bağlamaya çalışırken.

Sürücü pervasızca şerit değiştirirken lastikler patladı. Diğer sürücüler ondan uzak durmak için frene bastı. Sonra rampa dışına yöneldi. Frene basıp durdu. Ön koltuktan inip arka kapıyı açtı.

Kadın hazırdı, ayakları adama doğru dönüktü ve tüm gücüyle adama iki ayaklı büyük bir tekme attı. Adam yere düştü ve kadın arabadan çıkıp çılgınca koşarken bir araba ona çarptı, sonra bir başkası, sonra bir başkası.

Adam tekrar arabaya bindi ve hızla uzaklaştı.

"Aptal kız!" diye bağırdı.

BÖLÜM 10
BRANDY HATIRLIYOR

"Yine oldu, değil mi?" diye sordu annesi, Brandy'nin market arabasından inmesine yardım ederken. "Bu sefer ne oldu?"

"Özür dilerim anne," dedi genç kız, eğilip ayakkabısını bağlamak için. Elleri artık bağlı olmadığı için kendini çok iyi hissediyordu.

Annesi eğildi ve fısıldadı, "Diğer seferlerle aynı mıydı? Bayıldın mı?"

Ayağa kalktı, kapıya doğru baktı.

"Söyle bana," dedi annesi, yakın olsunlar ve başka kimse duymasın diye kızını önüne aldı. Üstelik koridorlarında başka kimse de yoktu.

"Okuldaydım, seçmelerdeydim. Bir çocuk solo olarak davul çalıyor ve şarkı söylüyordu. Gerçekten mükemmeldi."

"Ve sanırım rüya gibi de?" diye sordu annesi.

Yanaklarının ısındığını hissetti. "Kalbim hızlandı, koşmaya başladı, avuçlarım terledi ve kendimi tuhaf hissettim. Sonra bir baktım, hareket halindeki bir aracın arkasına bağlanmışım!"

"Bağlı mı? Bir arabanın içinde mi? Kimin arabasında? Kim kullanıyordu? Nereye gidiyordun?"

"Ne arabayı ne de sürücüyü tanıyabildim. Biriyle konuşuyordu, şu eller serbest mikrofonlardan birini kullanıyordu. Otoyola çıkana kadar iyi bir sürücüydü. Sonra manyak gibi sürdü ve ben de emniyet kemeri çözülmüş gibi davrandım. Yoldan çıkıp durduğunda ona öyle sert bir tekme attım ki yere düştü ve ben de kaçtım."

"Tanrıya şükür kurtuldun. Biri sana yardım etmek için durdu mu? Umarım numaralarını almışsındır, böylece onları arayıp teşekkür edebilirim."

Brandy konuşmadı, çünkü arabaları hatırlıyordu, bir, iki, üç ona çarptılar ve o öldü. Tekrar. Ve kendini yine annesiyle birlikte markette bulmuştu.

"Konuş benimle," dedi Brandy'nin annesi.

"Öldüm - yine," dedi Brandy, "ve kendimi burada buldum. Yine."

Yere oturdu, daha doğrusu dizlerinin bağı çözüldü ve dizlerinin üzerine çöktü. Annesi de domino taşı gibi onu takip etti.

Birlikte oturdular, konuşmadan el ele tutuştular.

BÖLÜM 11

BRANDY GEÇMİŞTE...

"U yan, Brandy!" annesi son kez böyle demişti. Biricik kızı en son öldüğünde ve yeniden dirildiğinde.

Çoğu ebeveyn çocuklarıyla birlikte markete gitmek zorunda kaldığında oradan yeterince hızlı çıkamazdı.

Brandy o çocuklardan biri değildi. Mağazaları parklara, spora - çoğu aktiviteye - tercih ederdi. Onu evden çıkarmanın tek yolu alışverişe götürmekti.

Bu tamamen Brandy'nin hatası değildi. Nadir görülen bir kalp rahatsızlığıyla doğmuştu. Büyüyünce geçeceğini söylemişlerdi. Bu yüzden diğer çocuklarla koşup oynamak onun için bir seçenek değildi.

Sonuç olarak, alışveriş merkezini sevmeye başlamıştı ama en çok sevdiği şey bakkaldı. Ve yiyecek reyonlarında her şey her zaman oldukça sakindi. Bir keresinde bedava DVD dağıttıkları zaman hariç.

Brandy o kadar heyecanlandı ki nefes alamadı ve onu acilen hastaneye götürmek zorunda kaldılar.

O zaman üç yaşındaydı.

BÖLÜM 12
BRANDY ŞİMDİ...

Artık kızı on dört yaşındaydı ve bu durum giderek daha az yaşanıyordu. Yine de, market arabasına sığamayacak kadar büyüdüğünde ne olacağını merak ediyordu.

"Sence neden burası?" Brandy'nin annesi sordu, "Neden hep sen ve ben ve sadece burası?"

"Bilmiyorum anne, ama bildiğim bir şey var. Alışveriş yapmak istiyorum. Yiyecek ve içecek almak istiyorum ve ben gidiyorum. İstersen sen burada kal, ben birazdan dönerim. Al, telefonunda Solitaire oyna. Senin sinirlerini yatıştırır, alışveriş de benimkini yatıştırır."

Kadın yere oturdu, arabalar gelip giderken tüm dikkatini Solitaire oyununa verdi. Kızı onu çok iyi tanıyordu. Yine de endişelenmemeye çalıştığı şey, kocasına ne kadarını - hayır ne kadar azını -

söyleyeceğiydi. Geçen sefer, kızı öldüğünde, ondan önceki sefer ya da ondan önceki sefer ona söylememişti. Ona sadece alışverişe gittiklerini ve bunun stresli olduğunu söylemişti.

"Ben hazırım," demişti Brandy, o zaman kolları mısır gevreği ve pop tart dolu küçük bir kızdı.

O zaman self-servis kasaya doğru yöneldiler.

"Bırak ben yapayım anne!"

Brandy hep böyle derdi. Kasadaki görevlinin her nesneyi taramasını seyretmeye bayılırdı. Ve eğer tarama yanlışsa Tanrı yardımcısı olsun.

Brandy ve annesinin o günkü işleri bitmiş, arabaya dönmüşlerdi. Brandy öne oturdu ve kemerini bağladı. Arabayla yola koyuldular, sadece iki tane sıcak dondurma almak için arabaya servis noktasında kısa bir süre durdular.

Brandy o zaman, "Bugün gerçekten harika indirimler yaptık," demişti ve şimdi de aynı şeyi tekrarlıyordu.

"Sevdiğini biliyorum ama yine de bugün yaşadığın olay hakkında daha fazla şey duymak istiyorum. Olanlarla ilgili başka bir şey hatırlıyor musun? Bir yabancıyla arabada tek başına kaldığında çok korkmuş olmalısın. Anlamadığım şey, bunun nasıl olduğu. Bu seferki diğerlerinden farklı mıydı? Bir dakika önce okul bandosunun seçmelerindeyken bir dakika sonra arabada olduğunu söylemiştin?"

"Evet, diğer öğrencilerle birlikte sahne almak için sıramı bekliyordum. Hepimiz davul çalan bir çocuğu dinliyorduk. İnanılmazdı, şarkı söylüyor ve çalıyordu. Sıranın önüne yaklaşmıştım ki, ZAP, yok oldum."

"O ZAP sesini hiç sevmedim."

"İşte böyle oldu anne. Önce ellerim kaşındı, sonra bacaklarım, kollarım."

"Bana daha önce kaşıntıdan bahsetmedin mi?"

"Olur böyle şeyler. Genelde kendimi sakinleştiririm. Bu sefer hiçbir şey işe yaramadı ve bilirsin işte, Z kelimesi."

"Sormak zorundayım ama sence bunun nedeni seçmelerden kaçmak istemen olabilir mi? Yani kendi seçmelerine girmekten. Bu yapmaya hevesli olduğun bir şey değil."

Brandy parmaklarını kapının koluna vurdu. "Seçmelerden kaçmak için bir yabancıyla arabaya atlamazdım," dedi.

"Pekâlâ canım," dedi annesi gözyaşları içinde. Yine yanlış bir şey söylemişti. Konu kızına geldiğinde hep yanlış şeyler söylüyordu... buna ne demeliydi? Kızının seyahat maceraları.

"Sorun yok anne."

Bir süre sessizlik içinde yol aldılar. Rahat bir sessizlikti bu.

"Sana nasıl yardım edebileceğimi bilmek istiyorum," dedi Brandy'nin annesi. "Bir dahaki sefere..."

"Biliyorum anne, ama bu olduğunda yanımda değilsin. Bunu kendi başıma halledebilmeliyim."

"Sen ortadan kaybolmadan önce her zaman olan bir şey var mı?"

"Keşke hatırlayabilsem anne, ama geçen seferki gibi hatırlamıyorum." Pencereden dışarı baktı, sonra kollarını kavuşturdu.

"Peki, evde olduğumuzda alıştırma yapabilirsin. O zaman yarınki seçmelere daha da hazırlıklı olursun."

"Bu sadece bir günlük bir seçmeydi. Yani bu yıl benim için hiç şans yok. Ayrıca, babam pratik yapmamdan hoşlanmıyor, özellikle de evden çalışırken. Bunun başını ağrıttığını söylüyor."

"Babam öyle demek istemedi," dedi kız. "Onunla konuşacağım. Sonuçta piyano çalmayı bir meslek olarak istiyorsun, değil mi? Yani bir gün, mezun olduktan sonra. Öğretmenini de arayacağım - kuralda bir istisna isteyeceğim."

"Bu konuşmanın nasıl geçtiğini duymak isterdim!" diye güldü. "Merhaba Bay Hopper, ben Brandy'nin annesiyim ve kızım bir yabancıyla birlikte hızla giden bir arabanın içinde zaman yolculuğu yaptı, sonra da öldü. O yüzden yarın sizin için seçmelere katılabilir mi?"

"Bu çok acımasızca," dedi annesi. "Müzik alanında kariyer yapmak konusunda fikrini mi değiştirdin? Öğrenciler için her zaman istisna yapıyorlar, değil mi?"

"Belki yapıyorlar ama ben rahatsız değilim. Kaçırdığım için. Her zaman bir sonraki kulak vardır. Ayrıca, bir alışverişçi olmak istiyorum, sanırım bu yüzden her zaman bakkala ya da kıyafet mağazasına geri dönüyorum. Bir keresini hatırlıyor musun?"

Annesi başıyla onayladı.

Genç kız kollarını kavuşturup tırnaklarını yiyerek, "Alışverişçiden sonra piyanist, sonra da öğretmen," dedi.

Annesi ona baktı, "Yapma hayatım. Tırnak yemek hiç hijyenik değil." Brandy ellerinin üzerine oturdu. "Bu sırayla mı?" dedi annesi gülerek.

Araba yoluna girdiklerinde Brandy, "Belki de tersten," diye ciyakladı. "Babam henüz eve gelmedi."

Annesi kızına cevap vermeden otomatik garaj kapısı açıcısını kullandı. Evet, kocası yine geç kalmıştı. Her gece eve daha da geç geliyordu. İşinin onu tuttuğunu, fazla mesai ödemeden fazladan mesai yaptırdığını söylüyordu. Brandy yatmadan önce onu görmek için eve gelmemesinden nefret ediyordu. En azından yiyecek bir şeyler hazırlamışlardı. Akşam yemeğini hazırlar, onu odasına yerleştirirdi. Böylece kocasıyla birlikte akşam yemeği yiyebileceklerdi. Sadece ikisinin olacağı güzel bir gece olacaktı.

"Çantaları al," dedi.

İçeri girerlerken Brandy, "Tamam anne," diye cevap verdi.

BÖLÜM 13

AVUSTRALYA OUTBACK

Avustralya'nın kuzeyindeki Outback'teyaşayan bu çocuk bir kutunun içinde yaşıyordu. Onu bulduklarında on iki yaşındaydı. Sırtını dikleştirip dizlerini yukarı kaldırarak oturduğu için vücudu şekilsizdi - kutu gibi. Kutuyu açıp onu dışarı çıkardıklarında bile.

Konuşamıyordu ya da konuşmuyordu. Ta ki tekrar güvenmeye başlayana kadar. Sonra gerindi ve vücudu gevşedi.

Sessiz sesleri, fısıldayan sesleri tercih ediyordu. Gürültülü şeyler, her türlü yüksek ses onu korkuturdu. Titrer ve kendi içine kapanırdı. "Kutu!" diye bağırır ve arardı.

Onu orada, köşede tutuyorlardı. Sydney'deki insanlar kutu yok edilmedikçe asla iyileşemeyeceğini söyleyene kadar.

Neredeyse kendisi kadar büyük bir balyozla bunu yapmalarına yardım etti. Balyoz küçük parçalara ayrıldığında gözleri yuvalarından fırlamış ve gitmiş. Uzaklara. Zihninde bir yerde. Ulaşılamaz bir yerde.

Kimse onun kim olduğunu bilmiyordu. Ya da kime ait olduğunu. Ne tür bir ebeveyn, çocuğunu bir hayvan gibi bir kutuya kilitler?

Yine de aç bırakılmamıştı. En azından yemek için. Ve susuz kalmamıştı.

Bu da yakınlarda biri olduğu anlamına geliyordu. Korucular, memurlar geri gelmelerini beklediler ama gelmediler. Yani kutudaki kutunun dışarıda olduğunu biliyor olmalıydılar.

Psikologlardan oluşan bir ekip, çocuğu Sydney'den uzaktan izleyebilmek için eve kameralar yerleştirdi.

Dünyanın dört bir yanından başkaları da çocuğun gözlemlenmesine "dahil olmak" istiyordu. Bazıları çocuk istismarı ve ihmali üzerine tezler yazıyordu. Listenin başına geçmek için mücadele ettiler.

Çocuk tek kelime etmeden ileri geri sallanıyordu. "Kutu!" onun tek çabasıydı. Ama neler olup bittiğini biliyordu. Fısıldaştıklarını duymuştu. Onu evlat edinmek isteyen milyonerler. O hiçbir yere gitmiyordu. Yerinde kalacaktı. Burası onun eviydi.

Daha önce hiç yatakta uyumamış olan - ya da uyuduysa bile hatırlamayan - çocuk şimdi bir yatakta uyumak istemiyordu. Bunun yerine, kendini bir top haline getirdi ve köşede yerde uyudu. Onun için bıraktıkları yastık ve battaniyeyi kullanıyordu. Bu lükslere dokunulmadı.

Ona ne yapacaklarına karar verirlerken, bir Rahibe atandı. Avustralya'da Rahibelere Hemşire de denir. Bazı durumlarda, bir Rahibe aynı zamanda bir Rahibedir (bir Rahibe.) Ayrıca, Hemşire olan bir Rahibe bir erkek kardeş olabilir. Eğer söz konusu Rahibe/Hemşire erkek ise.

Çocuğun Rahibe/Hemşiresi, saçlarını her zaman topuz yapan nazik bir hanımefendiydi. Beyaz bir üniforma ve her adımında gıcırdayan uyumlu ayakkabılar giyiyordu.

Rahibe çocuğun üzerine ilk kez bir battaniye örtmeye çalıştığında, çocuk kızgın bir bulutun saldırısına uğramış gibi çığlık attı.

"İşte, işte," dedi Rahibe. Titredi, sonra battaniyeyi kaldırdı. Battaniyeyi omuzlarına attı ve çocuğun nefesi kesildi.

"Çok yumuşak," dedi Rahibe.

İçine sokuldu. Kokladı.

"Çok yumuşak ve sıcak," diye mırıldandı.

Çocuk uzandı ve battaniyenin kenarına dokundu. Sanki hâlâ geldiği koyunun üzerindeymiş gibi okşadı.

"Bunu ister misin?" Rahibe sordu.

İki gün boyunca hayır dedi, sonra onu omuzlarına koymasına izin verdi. Ondan sonra sanki canlı bir şeymiş gibi onunla uyudu. Onu bir bebek gibi kucakladı, ona fısıldadı. Sonunda onunla rahatladı ve Rahibe'nin onu almasına ya da yıkamasına izin vermedi.

Çocuğun özgürlüğünün dördüncü sabahında, hayvanlar dışarıda, mülkün ön bahçesinde toplanmaya başladı. Önce dişi bir kanguru geldi. Verandanın basamaklarının dibine kadar zıpladı, sonra kalçalarının üzerine oturdu ve kapıyı izledi. Sonra bir emu geldi ve aynısını yaptı. Sonra bir saksağan, bir kakadu ve bir galah geldi. Kuşlar sırayla ötmeye başladı ve sesleri çocuğu kapıdan dışarı çağırıyor gibiydi. Daha önce kapıyı açmaya ya da dışarı çıkmaya pek meyilli değildi. Ancak hayvanları ve kuşları görünce tereddüt etmeden onlarla tanışmak için dışarı çıktı.

Ablası ön kapının arkasından onu izliyordu. Köpekleri, kedileri ya da kuşları sevmezdi -aslında bunlar onu korkuturdu- ama bu vahşi hayvanlar onu dehşete düşürmüştü. Gerekirse dışarı çıkmaya cesaret edebilirdi. Umarım yakında ona yardım edecek birini gönderirlerdi.

Çocuk verandada durdu ve havayı içine çekti. Kollarını açtı, daha da açtı, sonra ciğerlerini dışarıdaki havayla doldurdu. Açgözlülükle içine çekti.

Onun kendi oğlu olmasını dileyen Rahibe, küçük gövdesinin içinde genişleyen göğsünü izledi.

Sonra her şey oldu.

Çocuk yükselmeye başladı, uçan bir balon gibiydi, ama balon değildi ve bir ipe bağlı da değildi - o genç bir çocuktu.

Rahibe dışarı koştu. Onu seviyordu - ve o kaçıyordu. Arkasından paravan kapı kırıldı.

"BEKLE!" diye bağırdı, kavrayan parmaklarıyla ona doğru uzandı.

Çocuk kayıp giderken. Küçük ayakları yükseliyordu. Onu dışarı çıkardı, daha ileriye. Üç kuş onu taşıdıkça taşıyordu.

Kadın çocuğu yakaladı ama çocuk çok uzaktaydı. Ve anne kangurunun gözlerini kaldırmasını izledi.

Ve çocuk annesinin omuzlarına düştü. Kollarını kangurunun boynuna dolayarak havada oturdu ve zıpladı. Yanlarında bir emu da onlara ayak uyduruyordu.

Başka ne yapacağını bilemeyen Rahibe arabasının anahtarlarını almak için içeri koştu. Motoru çalıştırdı ve artık onu göremeyene kadar çocuğu takip etti.

Bir zamanlar bir kutunun içinde yaşayan çocuk, insanların dünyasından alınmıştı. Hayvanların kendi hayvanlarına baktığı dünyaya gitmişti. Ve bu çocuk da onlardan biriydi. O bir aileydi.

Ve çocuk, kendi derinliklerinden bildiği seslerle şarkılar söyledi. Yüksek sesle güldü ve kalbindeki yere götürülürken mutluydu. Olduğu yere, her zaman olması gerektiği yere.

BÖLÜM 14

YALNIZ BIR ÇOCUK.

Japonya'nın yasak ormanında bir çocuğun çığlığıyankılandı. Kuşlar toplanmış, şarkıya katılarak yalnız çocuğun yardım isteğini güçlendirmişler. Bir Scops baykuşu geldi ve diğer kuşları korkutarak uzaklaştırdı. Yakınlarda oturup beklemeye başladı.

Bir araba alarmı çaldı. Feryatları çocuğun çığlıklarını bastırdı. Çocuk bebek koltuğundaydı. Eskiden arabanın arka koltuğunda olan bir bebek koltuğu.

"Klik, klik," ve arabanın alarmı, sürücünün çocuğun zayıf çığlıklarını duymasına yetecek kadar uzun süre durdu. Kadın ve kocası ormana koşmuşlar ve orada korkmuş ve yapayalnız olan çocuğu bulmuşlar. Birlikte onu teselli ettiler.

Birkaç balmumu kuşu izlemeye devam etti. Durumu değerlendiriyorlardı. Tüylerini hışırdattılar ve cıvıldadılar. Sanki çocuğun kurtarıldığını canlı olarak bildiriyorlardı.

Kadın çocuğu çözdü. Ona sarıldı ve cevap veremeyecek kadar küçük olduğu sorular sordu. "Haha'n nerede, Ko? Otosan nerede?" (Çevrildi: Annen nerede, çocuğum? Baban nerede?"

Kocası etrafı aradı. Seslendi. Kimse cevap vermeyince, işaret aradı. Yetişkin ayak izleri. Hiçbiri bulunamadı.

"Ayak izi yok," dedi inanamayarak başını sallayarak. Ona göre orman en sevdiği yer değildi. Şehirleri ve gürültüyü tercih ederdi. Arabanın alarmını yanlışlıkla çalıştıran kendisiydi. Karısının gitmek isteyeceğini umuyordu. Ona en sevdiği restoranda öğle yemeği sözü vermişti. İşte o zaman çocuğu duymuş ve ormana doğru koşmaya başlamıştı.

Karısının güvenliği için onu takip etmişti. Şehirde, yırtıcı hayvanların gizlenebileceği alanlardan kaçınırlardı. Şüphelenmeyen, güvenen insanları - karısı gibi - tehlikeye atıyorlardı.

Orman, bu özel orman, seslerle canlıydı. Işıkla canlıydı. Ve çocuk, çocuğu bırakamazlardı.

"Gidelim," dedi. "Onu hastaneye götüreceğiz, iyi olduğundan emin olmak için ve kime ait olduğunu öğrenmek için polise danışabilirler."

Çocuğu göğsüne yakın tuttu, bir annenin kendi çocuğuna yapacağı gibi elini sırtında gezdirdi. Zihninde, o sadece onun çocuğuydu. Asla sahip olamadığı çocuğu onu çağırmış, o da yasak ormana gelmiş ve onu sahiplenmişti.

"O benim," dedi, önce meydan okurcasına, sonra daha yumuşak bir sesle, "Yani, bizim. Bizim bebeğimiz. Her zaman istediğin oğlun."

Kocası çocuğa baktı. Onlara ihtiyacı vardı. Ve daha önce hiçbir şey hatırlamayacak kadar küçüktü, çok gençti. Onlara çoktan güvenmişti. Kimse bilmeyecek, diye düşündü. Yine de bu çocuğu kendilerininmiş gibi almaları doğru muydu?

"Kimse bilmeyecek," dedi karısı, sanki onun düşüncelerini okuyormuş gibi.

Birlikte geçirdikleri on iki yıldan sonra bu sık sık oluyordu. Benzer şeyler düşünüyorlardı. Aynı anda konuşuyorlardı. Birbirlerinin cümlelerini tamamlıyorlardı.

Sevgi dolu ve istikrarlı bir çifttiler. Birlikte bir çocuğa verebilecekleri çok şey vardı. Yine de kader onlara kendilerinden birini vermemişti.

Çocuğu kocasına verdi ve bekledi.

Yukarıdaki kuşlar onun kollarının nasıl titrediğini görebiliyordu. Ötüşerek onu çocuğu alması için cesaretlendirmişler. Çocuğun artık onların olduğuna karar vermesine yardımcı oluyorlardı.

Onu çoktan kalbinde ve ruhunda sahiplenmişti. Kocası da sahiplenmişti ama bencilliği arasında bocalıyordu. Bencilce olanı değil, doğru olanı yapmak istiyordu.

"Gelip bizimle yaşamak ister misin?" diye sordu çocuğa.

Çocuk cevap vermese de üçü birlikte otoparka geri döndüler. Çocuğu arka koltuğun ortasına, hava yastıklarından uzağa koydular.

Kuşlar ve baykuş başlarını salladılar, sonra da ormana doğru uçup gittiler.

BÖLÜM 15

BİR KADIN

Yaşlıbirkadın sandalyesinde sallanıyor, ileri geri, ileri geri. Anıları bulutlar gibi uçup gidiyor. Çoğu zaman ulaşılmaz.

Kafa karışıklığı ilerliyor. Yakında zihnindeki her şeyin yerini hiçlik alacak.

Demans, kurbanlarını hasta kişinin isteklerine ya da ihtiyaçlarına göre seçmez. Amacı kafa karıştırmaktır. Yabancılaştırmak. Silmek.

Bir gün her şey tepetaklak olana kadar bununla yüzleşmişti.

Artık böyle diyordu, tepetaklak. Ya da kısaca T/T. Diğer şey kötüydü ve gittikçe kötüleşiyordu. Ama tepetaklak olması deli olmadığı anlamına geliyordu ve bundan da öte, yalnız olmadığı anlamına geliyordu - artık değil.

Zihninde her şeyi görüyordu. Bazen sanki kumandadaki bir düğmeye basmış gibi ağır çekimde oluyordu. Bazen sahneler tekrar tekrar, geriye, ileriye doğru, döngü halinde oynuyordu. Diğer zamanlarda ise bir muhabir gibi ilk elden gözlemleyerek olayların ortasında kalıyordu.

Bu ilk olduğunda, yaralanmaktan ya da öldürülmekten korkmuştu. Tüyler ürpertici şeylere tanık olmuştu. Ancak etrafındakilerin onu göremediğini ya da duyamadığını fark ettiğinde rahatlayabildi. Baş melekler hariç, onlar onun orada olduğunu biliyorlardı ama varlığının başkaları tarafından bilinmesine izin vermiyorlardı.

Zihninin Hollanda'ya uçtuğu zamanki gibi. Yerleşmiş, küçük kızı izliyordu. Çocuk görme yetisini kaybettiğinde ağlamıştı. İzlemekten başka bir şey yapamadığı için kendini çaresiz hissetmişti. Zamanla bu da değişti.

Sonra Lia ve E-Z arkadaş oldular ve kuğu Alfred de karışıma eklendi. Onları izledi, dinledi. Kendini takımlarının görünmeyen, duyulmayan bir üyesi gibi hissetti. Birlikte çalışmalarını ve sıkı birer arkadaş olmalarını izledi.

Sonra aniden zihninde Lia ile konuştu ve küçük kız cevap verdi. Rosalie için yepyeni bir dünyanın kapıları açıldı.

İlk başta konuşmaları biraz sınırlıydı. Aralarında büyük bir yaş farkı olmasına rağmen, ikisinin bazı ortak noktaları vardı. Baleye duydukları sevgi gibi.

Başmelekler kuralları değiştirdiğinden beri Rosalie'nin gözü Üç'ün üzerindeydi. Yine de bu alışverişler Rosalie'nin zihnini meşgul etmeye yetmiyordu.

İşte o zaman Rosalie Diğerleri'ni keşfetti. Dünyanın başka yerlerinde benzersiz yeteneklere sahip çocuklar - ve onlarla konuşabiliyordu.

İlk olarak Brandy vardı, ABD'de yaşayan bir gençti. Sonra Kutudaki Çocuk olarak da bilinen Lachie ile iletişim kurdu. Üçüncü ama sonuncu olmayan kişi ise Japonya'da yaşayan Haruto'ydu. Haruto aralarındaki en genç olanıydı. Üç çocuğun da yetenekleri vardı. Ve o tek bağlayıcıydı.

Lia şimdilik onu Alfred ve E-Z'ye bağlı tutuyordu ama yakında onlara diğerlerini de anlatması gerekecekti.

Görevliler yemeğini getirdiğinde Rosalie titredi. Kırmızı jöle. En sevdiği. Üzerine biraz krema döktükten sonra ilkini yedi. Kahvesine konması gereken krema.

Kafasının içinde yemeği getiren kıza teşekkür etti, çünkü Rosalie konuşamıyordu. Konuşamıyordu. Tek iletişim yolu zihniydi...

Üçlüyü Yaşlılar Yurdu'nda kendisini ziyarete çağırmak pek doğru bir şey gibi görünmüyordu. Şimdilik Lia'nın onu bir sır olarak saklamasına izin verecek ve Brandy, Lachie ve Haruto hakkında notlar alıp bunları bir kitaba koyacaktı.

Bunu baş meleklerden saklamak zorunda kalacaktı. Gizli bir dosya tutacaktı. Ne olursa olsun bu çocukların izini kaybetmeyecekti.

"OH!" diye haykırdı, yatağının yanındaki komodinin üst çekmecesine uzandı. Bir hediye hatırladı. Bir defter, önünde "Mutlu Yıllar!" yazıyordu.

İlk birkaç sayfayı karaladı. Gerçek bir kelime bulamadı, sonra on üçüncü sayfaya geldi. On üç onun için her zaman şanslı bir sayı olmuştu, Brandy, Haruto ve Lachie hakkında yazmaya başladı. Yazacak o kadar çok şey vardı ki. Eli acıdığında durdu, bir süre esnetti ve sonra yazmaya devam etti.

Rosalie bu üç yeni çocuk dışında başka çocuklar olup olmadığını merak ediyordu. Bir süre beklerse onlar da onunla konuşabilirdi. Bütün çocuklar kendilerini gösterdikten sonra sırrını söylemek daha iyi olacaktı.

Rosalie kitabın dışına "Gizli" ya da "Özel" yazmamaya dikkat etti. Yanında bir anahtar olmadığı için de memnundu. Bu üç şey defteri gören herkesin onu okumak istemesine neden olacaktı. Bir kedi gibi meraklanacaklardı. Onun yaşında meraklı bir sürü insan vardı. Ama ilk on üç dağınık sayfayı gördükten sonra okumak istemeyeceklerdi.

Kitabın sonuna kadar çevirdi. Rosalie son on üç sayfayı daha da dağınık bir el yazısıyla doldurdu. Sonra kitabı ve kalemleri çekmeceye geri koydu ve kapattı.

Gülümsedi, yastığa yaslandı ve akşam yemeğini düşünerek kolunu dinlendirdi. Çoğunlukla tatlıyı.

BÖLÜM 16

NEREDE DURACAKSIN?

İçinde yaşadığımız bir dünya var, hem iyi hem de kötü insanlarla dolu bir dünya. Kusurlu ve kusurlu olan insanlar tarafından kontrol edilen bir dünya. Robot olmayan insanlar... İyi ya da kötü olmak üzere programlanmamış insanlar.

Hayatlarımızı, gördüklerimizden, fark ettiklerimizden, bize öğretilenlerden ve ne olduğumuzdan öğreniriz.

Bizim için atılmış olan temellerden öğreniriz. Büyüdükçe ve ufkumuzu genişlettikçe, seçimler yapmamız gerekir.

Öğrenilen bilgiyi uygulamak bize bağlıdır. Yanlış ve doğru arasında seçim yapmak.

Çağlar boyunca, büyük insanlar kandırıldı. Büyük ve güçlü insanlar. Yetişkinler bile.

Bazen karar vermek kolaydır. Gri alanlar olmadan. Bazen kontrolümüz dışında bizi yönlendiren güçler vardır. Başkaları bizi kendi etik kurallarına uymaya zorlar. Bazen de beklenmedik unsurlar vardır.

Diyelim ki bir yoldayız ve birisi önümüze bir barikat koyuyor. Onu kaldırabilir ya da durup o kişinin kaldırmasını bekleyebiliriz. Seçim yapabiliriz.

Hayat seçimlerden ibarettir. Yaptığımız seçimler bizi hayat boyu hizaya sokabilir. İyi kararlarımızın tuğlalarını döşediği o yolu takip ederiz.

Ya da kendimizin yoldan çıkmasına izin veririz. Kandırılırız. Doğru olduğunu bildiğimiz şeylere karşı çıkmak için kandırılabiliriz.

Bu olduğunda, her şey domino taşları gibi devrilebilir.

Ve eylemlerimizin - ya da eylemsizliklerimizin - sonuçları olacaktır. Sadece kendimiz için değil. Yaptıklarımız başkalarını da etkiler.

Ve sonunda, öldükten sonra, hepimiz yakalanır ve Ruh Yakalayıcılarımızın kollarında tutuluruz.

Öfkeliler - üç kötü tanrıça - ruh yakalayıcıların kontrolünü ele geçiriyor.

Ruh Yakalayıcılar ele geçiriliyor.

Ruhlar evleri olmadan etrafta uçuşuyor.

Evsiz ruhlar.

Ufukta kaos var.

Nerede duracaksın?

BÖLÜM 17
ROSALIE BEYAZ ODADA

Rosalie gözlerini açtı. Yemek vaktiydi ve bir kahvaltı tepsisi istemişti. Odası yemek salonuna giden yolun üzerindeydi. Yiyecekleri oraya taşıdıklarında, pastırma kokusu alırdı. Ağzını sulandırırdı. Ve kahve. Sırasını bekledi. Sırasını beklemekten başka çaresi yoktu.

Sakinleri yemek odasında beslemeyi tercih ettiklerini biliyordu. Zaman çizelgesine sadık kalmaları gerektiğini anlıyordu. Yine de eninde sonunda ona da sıra geleceğini biliyordu. Yaşadığı huzurevinde bunu her zaman yaparlardı.

Penceresinin dışındaki ağaçta bir kardinali izledi ve daha yakından bakmak için yataktan kalkmayı düşündü. Ama yorganı geriye atıp halının üzerine çıktığında kendini tuhaf hissetti. Bulanık.

Ve kendini Beyaz Oda'da buldu.

E-Z oraya gittiğinden beri hiçbir şey değişmemişti. Rosalie'nin ayaklarını bulup keşfetmeye başlaması uzun sürmedi.

Parmaklarını kitap raflarında gezdirirken bir deja vu hissine kapıldı. Bu odaya daha önce gelmiş miydi?

Odanın ortasına doğru ilerledi ve arkasını döndü. Kitap rafları uzayıp gidiyordu. Göz alabildiğine uzanıyordu. Onların yüksekliği başını döndürdü ve oturup soluklanmayı arzuladı.

BINGO

Rahat bir sandalye belirdi ve içine çöktü. Arkasına yaslandı, sonra tekerlekleri olduğunu ve dönebildiğini fark ederek çevirdi. Ve çevirdi. Sonra gözlerini kapadı ve dinlendi. İyi ki henüz kahvaltı etmemişti, çünkü üzerinde bir şey hareket ettiğinde midesi biraz bulanıyordu.

Yoksa hayal mi görmüştü?

"Sen oradaki!" diye bağırdı, hiçbir şeyi ve hiç kimseyi göstermeden. "Kımıldadığını gördüm, sen, seni küçük... her neysen, çık dışarı, çık dışarı," diye yalvardı.

Hayal gördüğüne karar vererek çevresini incelemeye devam etti. Ve buraya nasıl geldiğini merak etmeye başladı.

"Odama geri döndüm ve kendimi bu yerde hayal mi ediyorum?" Tırnaklarını sandalyenin kollarını kazımak için kullandı. Deri yüzeydeki izleri kazımalarını izledi. İzler hafif çiziklerdi, biraz sürtünmeyle giderilebilecek kadar hafif. Ne de olsa o bir misafirdi ve misafirler her zaman ziyaret ettikleri yere özen göstermeliydi. Aksi takdirde bir daha geri istenmezler.

Yukarıda yine bir şey hareket etti. Bu kez kanat çırpma sesleri eşlik ediyordu. Yukarıda sıkışıp kalmış, dışarı çıkamayan bir kuş muydu?

"Geliyorum ufaklık," dedi, ayağa kalktı ve merdivene doğru yürüdü.

Ahşap yapı, sanki onun zihnini okuyabiliyormuş gibi yerde yuvarlandı ve ayaklarının dibinde durdu.

"Atla!" dedi.

Rosalie atladı ve kendi kendine hareket edene kadar o şeyin kendisiyle konuştuğunu fark etmedi.

"Ah, teşekkür ederim," dedi, durduğunda.

"Rica ederim," dedi merdiven. "Özellikle aradığınız bir kitap var mı?"

Rosalie güldü. "Bir kuş sesi duyduğumu sandım. Şşşşt."

Merdiven güldü. "Burada kuş falan yok, Madam. Duyduğunuz ses kitaplardan geliyor."

"Kanatlı kitaplar mı?" 'Evet,' diye cevap verdi merdiven. Sonra, "Sen oradaki! Buraya gel!"

Rosalie kalın, siyah bir kitabın kendini rafın kenarına doğru itmesini izledi. Sonra önünden ve arkasından kanatlar çıktı. Eğer aşağı uçup Rosalie'nin ellerine konarsa.

"Aman Tanrım!" dedi kitabın sırtına bakarak. "Sanırım bunu çoktan okudum."

DWOING.

Kitap Rosalie'nin elinden yırtıldı ve raftaki eski yerine geri döndü.

"Özür dilerim," dedi Rosalie. Sonra merdivene, "Umarım Bay Dickens'ı kırmamışımdır."

"Benimle işiniz bittiyse," dedi merdiven, "inmenizi önerebilir miyim?"

"Zamanınızı boşa harcadığım için özür dilerim," dedi kadın.

"Boşa harcamadınız. Hizmet etmekten memnunum."

Rosalie aşağı indi ve merdiven odanın diğer tarafına doğru hızla ilerledi.

Rosalie alnını yokladı, hayır ateşi yoktu. Kan şekeri seviyesi çok düşmüş olmalıydı. Ve şimdi saatlerce yemek yiyemeyecekti. Ve o hırsız Agnes Lindsay onun kahvaltısını çalacaktı. Odasına gizlice girecek ve her bir parçasını yiyecekti. Görevliler tepsiyi almak için döndüklerinde, Rosalie'nin yediğini düşüneceklerdi. Rosalie ve Agnes ezeli düşmanlardı.

Rosalie guruldayan midesinden kurtulmak için kitaplara odaklandı. Özellikle de bir kitaba. Küçük bir kızken tekrar tekrar okumayı çok sevdiği bir kitap. Kitabın adı Yeşil Gables'ın Annesi'ydi, yazarının... Yazarın adını hatırlayamıyordu.

"Lucy Maud Montgomery," dedi merdiven onun yanına doğru hızla ilerlerken. "Hop bir," dedi merdiven.

"Ah, teklifiniz için teşekkür ederim ama çok açım ve belki de üzerinize tırmanamayacak kadar başım dönüyor."

"Otur bakalım," dedi merdiven, "şuraya." Sonra merdiven ıslık çaldı ve rafların üzerinde bir kitap ilerledi. Önünde ve arkasında kanatlar filizlendi ve Rosalie'nin ellerine uçtu. Kitabı göğsüne bastırdı.

"Teşekkür ederim," dedi.

"Hepsi bu kadar mı?" diye sordu merdiven.

"Evet, tabii bu odada bir yere sakladığınız fazladan bir okuma gözlüğünüz yoksa."

BINGO.

Gözlükleri ortaya çıktı ve burnunun üzerine tam olarak oturdu.

Merdiven eski konumuna geri döndü.

Rosalie'nin ayak bilekleri ağrıyordu.

BINGO.

Ayaklarının altında bir şey belirdi.

Kitabı açtı. İçinde kitaba adını veren Anne Shirley'nin bir çizimi vardı. Parmağını küçük yetim kızın kızıl saçlarının çizgilerinde gezdirdi.

Anne, Rosalie'ye göz kırptı. Rosalie önce göz kırptı, sonra da gülümsedi. İnteraktif kitapları daha önce de duymuştu ama bu seferki çok daha iyiydi!

Titreyen elleriyle Kanada haritasını açtı, gözleri Prens Edward Adası'na giden okları takip etti. Zihninde mesafeyi yürüdü - Green Gables'a vardı. Evin dışında Cuthbert'ler vardı. Anne'i bekliyorlardı.

Sayfayı çevirdi ve okumaya başladı. Anne'in içine düştüğü her çıkmaza gülüyordu.

Sonra Rosalie'nin midesi guruldadı ve kahvaltıya hiç benzemeyen bir şeyler diledi. Bir jöle salatası. Küçük bir kızken annesinin özel günlerde onun için yaptığı bir şeydi bu. En sevdiği kısmı üstündeki krem şantiydi.

BINGO.

Önünde, üzerinde bir parça krem şanti olan, gökkuşağı şeklinde bir jöle salatası duruyordu. Kaşık ve

BINGO.

Bir tane çıktı. Ama sonra tatlısını önce yerse annesi ve babasının onu nasıl azarladığını hatırladı. Aklına patates püresi geldi. Üstünde eriyen tereyağı ile buharlı sıcak. Oh, ve ketçaplı köfte. Ve bahçeden yeni toplanmış bezelye.

BINGO.

Önünde kocaman bir kâse patates püresi vardı. Kenarlarında tereyağı erimişti. Bir sanat eseriydi. Neredeyse yenemeyecek kadar güzel görünüyordu.

Yanında bir kare köfte ve üstünde ketçap vardı.

Ve ayrı bir kasede bezelye. Üstünde de bir dal nane.

Gülümsedi. Küçük bir kızken yiyeceklerine dokunulmasından hoşlanmazdı. Bu odada şef onun neyi sevdiğini biliyordu.

Ama şef ona yemek aletlerini vermeyi unutmuştu. Bir bıçak ve çatal hayal etti.

BINGO.

Onlar da geldi. Açgözlülükle yedi. Anne of Green Gables'a zarar vermemeye dikkat etti. Korunmaya ihtiyacı olduğunu hisseden kitap uçtu ve Rosalie'nin kolayca ulaşabileceği bir yerde havada asılı kaldı.

Rosalie, kaşıkta sallanan jöle salatası da dahil olmak üzere her şeyi yedi.

İşi bittiğinde

BINGO

tabaklar, çatal-bıçaklar vs. ortadan kayboldu.

Kendisine verilen yemek için birkaç dakika şükrettikten sonra başını kaldırıp kitaba baktı.

Eğer ona doğru uçarsa, okumaya devam etti.

Okuyor ve bekliyordu.

Neyi ya da kimi beklediğini bilmiyordu.

BÖLÜM 18
CHARLES DICKENS

İngiltere'nin Londra kentinde gökten metal bir konteyner düştü.

Konteynerin kendisi uzun ya da silo benzeri değildi. Aslında, benzediği en yakın nesne bir kapsüldü. Aradaki fark, bu nesnenin kare şeklinde olması ve penceresiz olmasıydı. Pencere yerine her tarafı aynaydı. Ayrıca düz olduğu için suya çarptığında muazzam bir güçle kayarak karşıya geçti. Thames Nehri'nin kıyısına düştü.

Tüm bu olanları izleyenler, adları John ve Paul olan iki dedektördü. Her iki adam da otuzlu yaşlarındaydı. Hayatlarını dedektörlükten elde ettikleri kazançla kazanıyorlardı. Bu nedenle Profesyonel Dedektör olarak kabul ediliyorlardı.

Dedektörlerin çalışma saatleri değişiyordu. Serbest çalışıyorlardı ve aletlerinin bakımı ve yönetiminden sorumluydular.

Bir Dedektörün birçok alete ihtiyacı vardı. Bir kazıya hazırlıksız çıkmak istemezdi. Çoğu her yere yanlarında bir alet kutusu taşırdı. İçinde temel eşyalar bulunurdu. Bunlardan birkaçını saymak gerekirse: kulaklıklar, yağmurluklar, koşum takımları, kazı aletleri, malalar, alet kemeri, önlük (cepli), su geçirmez bir poşet, sırt çantası, çöp torbası.

John ve Paul'un kazılarının çoğu Londra'da, Thames Nehri üzerindeydi. Yasaların gerektirdiği gibi Standart ve Mudlark izinlerini taşıyorlardı. Bu izinler Londra Liman İdaresi tarafından verilmişti.

İzin, gerektiğinde 7,5 cm derinliğe kadar kazı yapmalarına izin veriyordu (kazmak isteseniz de istemeseniz de merdiven gerekliydi).

Önlerine düşen kare şeklindeki nesne söz konusu olduğunda, üzerinde biraz düşünülmesi gerekiyordu. Onu getirmeden ve üzerinde hak iddia etmeden önce.

"Daha yakından bakmak ister misiniz?" Paul sordu.

Pek konuşmayan John başıyla onayladı.

Ellerinde aletlerle ilerlediler. Wellington çizmeleri her adımda çamur ve su değiştirerek ezildi. Birkaç gündür aralıksız yağan yağmurdan sonra nehir kıyısı genellikle çok çamurluydu.

"Talep!" dedi Paul.

"Yeterince makul," dedi John.

İkisi de aynı anda görmüş olmalarına rağmen, bunun kendi adına da bir iddia olduğunu biliyordu. Onlar ortaklardı, her zaman öyleydiler ve hiçbir şey bunu değiştiremezdi.

İkisi de oraya ulaşana kadar ilerlediler. Kare bir ayna topu gibiydi ve onu incelemeye çalıştıklarında gördükleri tek şey içindeki kendi yansımalarıydı.

"Saçımı kestirmem gerek," dedi John.

Paul botunun burnuyla yan tarafına dokunurken alay etti. "Bunu açmanın bir yolu olmalı," dedi.

John cebinden bir mezura çıkarıp bir tarafının yüksekliğini ölçerken, "Devrilemeyecek kadar büyük," dedi. Sonuçları Paul'e gösterdi, 60 santimetre yazıyordu.

Nesnenin etrafında yürüdüler. Arada bir dokunmak için durdular. Aynalı nesneye pis parmak izlerini bulaştırmamaya dikkat ediyorlardı. Ama gizli bir düğmeye dokunup onu açmayı umuyorlardı.

Ve dinliyordu. Tik tak yapmadığından emin olmak için.

"Belki de bunu müzeye götürmeli ya da keşfimizi rapor etmeliyiz?" Paul önerdi. "Onu alıp taşıması için bir kamyon ya da vinç gönderirler. Bomba imha ekibi bir göz attıktan sonra."

John başını salladı.

"Bomba imha ekibini gönderirlerse, havaya uçururlar. Her yer cam kırıklarıyla dolacak ve bizim iddiamız da bir işe yaramayacak."

"Doğru, doğru," dedi Paul. "Bu adamlar bir şeyleri havaya uçurmaya bayılırlar. Yani, bu da bir avantaj, değil mi?"

"Sanırım öyle. Şimdi ne yapmalıyız? Saat çalışmıyor. Bu konuda bir sorun yok."

"Evet. Ekibe gerek yok," dedi Paul. Ellerini arkasına koyarak nesnenin etrafında yürüdü. Bu onun düşünce yürüyüşüydü. John da onun adımlarına uyarak, elleri arkada, arkasından yürüdü.

Paul, "Bunun ne olduğunu ve kaç yaşında olduğunu bulmamız gerekiyor. Hazine Yasası 1996'ya göre sadece belirli şeyleri talep etmek zorundayız. Altın ya da gümüşe benzemiyor ve kesinlikle üç yüz yıldan daha eski görünmüyor. Bu buluntu sadece ve sadece bize ait olabilir, yani yerel FLO'ya (Buluntular İrtibat Görevlisi) bildirmemize gerek olmayabilir.

"Kesinlikle altın ya da gümüş değil," dedi John, metal nesneye vurup dinleyerek. İçi boş bir ses geliyordu. Birkaç yere vurdu ve dinledi.

Üstlerinde iki ışık belirdi.

Biri yeşil, diğeri sarıydı.

Nesnenin tepesine indiler.

"Kışt!" dedi Paul.

"Deliriyor muyuz?" John başını kaşıyarak sordu.

"Hiç sanmıyorum," diye yanıtladı Paul.

Işıklar havalandı ve etrafta süzüldü. İkisi de konteynerin dibine düştü. Yerleştiklerinde, ışıklar onu kaldırdı ve yerinde tuttu. Saniyeler sonra dönmeye başladı, önce yavaşça, sonra hızlanarak. Çok geçmeden yüksek bir hızda dönmeye başladı. Döndükçe tiz bir sesle şarkı söylemeye başladı.

Dedektörcüler dizlerinin üzerine çöktüler ve elleriyle kulaklarını kapadılar. Vücutları deniz tutmasına benzemeyen bir mide bulantısıyla sarsılıyordu. Ve çok korkmuşlardı.

"Neler oluyor?!" John çığlık attı.

"Sanırım o şey yumurtadan çıkıyor!" Paul cevap verdi.

Konteynır yere düşerken, titreşti. Sarsıldı. Ürperdi. Aynalı kutu esneyerek açıldığında, bir parçası çimenli nehir kıyısına bir asma köprü gibi iniyordu.

Dedektörcüler "Arrrgggggh!" diye bağırdılar.

Parmaklarının arasındaki boşluktan bakarak beklediler. Artık o şeyi almakla ilgilenmiyorlardı. Artık onun değeriyle ilgilenmiyorlardı.

Genç bir çocuk ortaya çıktı.

Paul ayağa kalkarak, "Bu bir çocuk," dedi.

John da ayağa kalktı ve ellerini kalçalarına koydu.

"Bekle," dedi Paul. "Şu Oliver Twist çocuklarından biri gibi giyinmiş."

"Ben yeniden doğdum," diye haykırdı delikanlı, kasketini devirdi, sonra tekrar başına geçirdi. Gerindi, esnedi, sonra çevresini inceledi. "Şuraya bakın! Parlamento Binaları. Son gördüğümden beri çok değişmişler. Ve dinle," dedi saat bir, iki, üç kez çalarken. "Büyük Çan'ı neden bir kafese koymuşlar?" diye sordu.

"Ne demek kafes? Adı da Big Ben," dedi Paul. "Peki sen neden böyle giyindin? Kostümlü bir partiye mi katılıyorsun?"

Delikanlı yeleğinin önünü yokladı. Yeleğinin düğmelerinin tamamen ilikli olup olmadığını ve pantolonunun paçalarının tamamen aşağıya inip inmediğini kontrol etti. Daha çok kısa pantolon giymeye alışkındı ve daha uzun pantolonlar her zaman toparlamak isterdi. Başında bir şapka vardı ve tekrar konuşmadan önce onu çıkardı.

"Portsmouth'a giden yolu biliyor musun?" diye sordu. "Annem ve babam benim için endişelenecek."

Dedektifler birbirlerine baktılar ama ikisi de konuşmadı. Hayatlarında ilk kez suskun kalmışlardı.

Delikanlı şapkasını tekrar takarak, "Ben gidiyorum," dedi.

POP.

POP.

Hadz ve Reiki geldi ve delikanlının gözlerinin önünde uçmaya başladılar.

"Charles Dickens, bu iki adamla birlikte kalmalısın. Onlar seni olman gereken yere götürecekler. Senin E-Z ile birlikte olman gerekiyor."

"Ne dediler?" John kulaklarını ovuşturarak söyledi. "Sanırım deliriyorum."

"Onun Charles Dickens olduğunu söylediler. Charles Dickens! Ve evdeyken her kimse E-Z'ye ulaşmasına yardım etmemiz gerekiyormuş," diye yanıtladı Paul.

Charles Dickens. Charles Dickens. Diğer adıyla E-Z'nin ve Sam'in uzaktan akrabası... Şapkasını iki peri benzeri yaratığa doğru eğdi. "Bir keresinde kapağında peri olan bir kitabım vardı, Grimm'in. Onu tanıyor musunuz?" diye sordu.

Hadz ve Reiki kıkırdadı, sonra ortadan kayboldu.

POP

POP.

Charles Dickens şapkasını tekrar taktı, "Portsmouth'a gidiyorum." Yürümeye başladı.

Dedektördekiler hep bir ağızdan, "Hayır, gitmiyorsun," dediler.

"Elbette gidiyorum," dedi.

"Portsmouth uzun bir yürüyüş mesafesinde," dedi John.

Arkalarında, aynalı küp sallanmaya ve takırdamaya başladı. Sonra konuştu: "Bu cybus autem speculatam 5, 4, 3, 2, 1, 0 içinde kendini imha edecek."

Dedektörcüler elleriyle başlarını kapatarak yere düştüler.

POOF.

Ve gitmişti.

"Whew!" dedi Dickens. Sonra London Eye'ı işaret etti. "Bu da ne böyle?" diye sordu.

Dedektörcüler Charles'ın önünde koştular. Önden gidip yolu açtılar. İki futbol defans oyuncusu gibi onu güvende tuttular. Bisikletlerden, yayalardan ve başıboş köpeklerden kaçıyorlardı. Tramvaylardan, taksilerden ve scooterlardan kaçınmak için onu başka yollara yönlendirdiler.

"Buraya London Eye deniyor ve kilometrelerce yukarıyı görebiliyorsunuz."

"Yakında bir şeyler yiyebilme şansımız var mı?" Charles karnını ovuşturarak sordu.

Paul, "Neden önce bizimkine gelip bir fincan çay içmiyoruz?" diye sordu. "Annem çok güzel çay yapar, hatta bir iki bisküvi de atabilir."

"Bana uyar," dedi Dickens. "Sonra eve doğru yola çıkmam gerekecek. Annem nerede olduğumu merak edecektir. Geç saatlere kadar dışarıda kalmamam gerekiyor ve güneşin nerede olduğunu düşünürsek, yakında batacağını tahmin ediyorum."

Manastır Bahçeleri'ne yaklaştıklarında Dickens bir levha fark etti. "Buraya bak," dedi. "Burada benim adım yazıyor."

John ve Paul Charles Dickens'a baktılar.

"Ne?" dedi.

"Tüm zamanların en ünlü İngiliz yazarı olacaksın," dedi John. "Ve Oliver Twist en ünlü karakterlerinizden biri."

"Öyle mi?" Charles sordu.

"Öyle," dedi Paul. "Seni gücendirmek istemem ama William Shakespeare de oldukça ünlüdür," dedi Paul.

"Shakespeare bir oyun yazarıydı. Ben oyun yazdım mı?" Charles sordu.

"Hayır, sen roman yazdın. O zaman belki de haklıydın."

Paul'ün evine vardılar, "Anne, bu Charles Dickens," dedi.

Anne mutfaktaydı, üzerinde bir pinny (önlük) vardı ve Charles'ın elini sıkmadan önce ellerini önlüğe sildi.

"Charles Dickens ile bir akrabalığın var mı?" Paul'un annesi sordu.

John konuyu değiştirerek, "Sizi tekrar görmek ne güzel," dedi. "Bir fincan çay ve biraz ekmek ve tereyağı isteyecek kadar kabalaşabilir miyim?"

"Siz üçünüz içeri girip oturun, ben hemen getiriyorum," diyerek onları mutfağından kovdu.

Ön odaya yerleştiler. Paul pencereye yakın oturdu, böylece tül perdelerden dışarı bakabiliyordu.

Bu sırada John ve Paul benzer şeyler düşünüyorlardı. Charles Dickens'ı nasıl keşfettiklerini ve bundan nasıl biraz para kazanabileceklerini.

Paul araştırdı, Charles Dickens ne zaman öldü? Cevap: 1870. Ekranı John'a gösterdi.

"Neden Portsmouth'a gitmek istiyordun?" John sordu.

"Eskiden orada yaşardım," dedi Charles.

"Başka kitabın var mı?" diye sordu Paul. "Yani henüz yayınlamadığınız kitaplar?"

"Bilmiyorum," dedi Charles. "Çok kitap yazdım mı?"

"Evet, kesinlikle Charles," dedi John.

"İyi olan var mı?" Charles sordu.

"Çocukken Oliver Twist'i ve Büyük Umutlar'ı okumuştum. Mükemmel ama benim için biraz uzun," dedi Paul.

"Bir Noel Şarkısı iyiydi," dedi John, "Çok uzun değildi ve mükemmel bir ders veriyordu."

Oda birkaç dakika sessiz kaldı.

Charles, "Bu Ezekiel Dickens'ı ya da arkadaşlarının bildiği adıyla E-Z'yi bulmam gerekiyor," dedi. "Bunu nasıl bildiğimi bilmiyorum ama sanırım Amerika'da yaşıyor." Esnedi ve gözlerini zorlukla açık tutabildi.

Paul'ün annesi elinde şekerlemelerle dolu bir tepsiyle içeri girdi. Herkes doyasıya yedi ve kısa süre sonra Charles sandalyede uyuyakaldı.

Paul'ün annesi Charles'ın üzerine bir battaniye örterken, "Ah, ufaklık mışıl mışıl uyuyor," dedi.

"O çok küçük," dedi.

"Ama o en büyük yazarlardan biri."

John araya girdi, "Yazmak onun kanında var, o yüzden bir gün büyük bir yazar olabilir."

Paul'ün annesi güldü ve sonra biraz televizyon izlemek için odasına çıktı.

Bu arada Paul ve John Charles Dickens ile ne yapmaları gerektiğini tartışıyorlardı.

"Ne yazık ki onu elimizde tutamayacağız," dedi John.

Paul, "Müzenin onu kabul edeceğini sanmıyorum," dedi.

Her ikisi de Charles Dickens hakkında internette biraz araştırma yapmayı kabul etti.

POP

POP.

John ve Paul uyuyormuş gibi önlerine bakıyorlardı. Çok uzakta olmalarına rağmen. Hadz ve Reiki onlara şöyle bir şarkı söylediler:

"Charles Dickens sadece bir çocuk.

Dedektör oyuncağı değil.

ABD'deki kuzenini bulmasına yardım edin.

Bunu sabah yapın yoksa size ödetiriz!"

Bu şarkı John ve Paul'un kafasında dönüp durdu, ta ki ne yapmaları gerektiğini bilene kadar.

"E-Z Dickens'ı bulacağız," dedi Paul.

John, "Evet, yapılması gereken doğru şey bu," dedi.

POP

POP.

Ve gitmişlerdi.

BÖLÜM 19
ROSALIE SIKILDI

Rosalie, Anne of Green Gables'ı okumaktan yorulmaya başlamıştı. Yaşlandıkça, herhangi bir şeye uzun süre konsantre olmak onun için daha da zorlaşıyordu. Gözlüklerini çıkardı ve gözlerini örtmek için lavanta rengi bir maskesi olmasını diledi.

BINGO.

Lavanta kokulu yumuşak bir maske ışığı engelliyor ve yorgun gözlerini rahatlatıyordu.

"Sanki burada sihirli bir cin var!" dedi, sonra gözlerini kapadı ve uykuya daldı.

Bir süre sonra uyanıp maskesini çıkardığında yine yaşlılar yurdundaki yatağındaydı. Delirmiş miydi yoksa zihninde bir yolculuğa mı çıkmıştı?

Rosalie, muhtemelen içinde bulunduğu soğuk ve steril ortam nedeniyle biraz üşüdüğünü hissetti. Günün belirli saatlerinde sıcaklık düşüyordu.

O saatlerde sakinlerin odalarında olduğunu, katılımcıların ise ortalığı topladığını fark etti. Çok çalıştıkları için soğuğu fark etmiyorlardı. Hiçbir şey yapmayan yaşlılar gibi değillerdi.

BINGO.

Gardırobunun alt çekmecesi açıldı ve yumuşak ve kabarık kırmızı kazağı ona doğru uçtu. O kollarını içine sokarken kazak kendini sabitledi. O şey düğmelerini iliklerken sıcaklığını hissederek sarıldı.

"Bu oldukça tuhaf bir olay," dedi.

Sessizce oturdu, bol şekerli ve sütlü sıcak bir fincan çayın hayalini kurdu.

BINGO.

Üzerinde çiçekler olan süslü bir çaydanlık yakındaki bir masaya geldi. Çay demlendikten sonra uygun bir çay fincanına döküldü, iki topak şeker ve bir fiske süt eklendi.

"Üç topak lütfen," diye sordu Rosalie.

Üçüncü bir topak daha eklendi.

Çay fincanı tabağın üzerinde ona doğru süzüldü.

"Bir ya da iki kurabiyeye ne dersiniz?" diye sordu.

Fincan havada durdu.

BINGO.

Şimdi tabağın üzerinde iki kurabiye vardı.

"Çay kaşığını unuttun!"

BINGO.

"Teşekkür ederim," dedi, hâlâ halüsinasyon görüp görmediğini ya da aklını kaçırıp kaçırmadığını merak ediyordu.

Çay hâlâ sıcaktı ama çok sıcak değildi. Tatlıydı ama çok tatlı değildi. Ve kurabiyeyle birlikte çok iyi gitmişti.

Fincanın son damlasına kadar yudumladığında....

BINGO

Elinden kayıp gitti.

Bu sihirli numaraların ya da hayal gücünün oyunlarının ne kadar süreceğini merak ediyordu. Sürdükleri sürece, tadını sonuna kadar çıkaracaktı.

"Bekle bir dakika!"

Kitabı hatırladı. Kimsenin okuyabilmesini istemediği kitabı.

"Düzeltebilir misin?" diye sordu havaya, "Düzelt ki diğer kişi benim kitabımı okuyabilsin." Çekmeceye uzandı ve kitabı kaldırdı. "Yani benim dışımda kitabı okuyabilenler sadece Lia, Alfred ve E-Z. Başka kimse yok. Eğer başka biri kitabı bulur ve sayfalarını çevirirse, hepsi boş olacaktır."

Bir işaret bekledi. Ya da bir ses ama hiçbiri gelmedi.

Kitabı çekmeceye geri koydu, arkasını döndü ve tekrar uykuya daldı.

POP

POP

"Henüz uyumadı mı?" Hadz sordu.

"Sanırım uyudu. Horluyor!"

"Onu uyandırmamaya dikkat edin. Ama onu gemiye getirmeliyiz - yani resmi olarak."

"Başmelekler ona Lia, E-Z ve Alfred'i izlemesi için güç verdiler. Onu tanıyorlar," diye hatırladı Reiki.

"Bu doğru ve o çocuklara sadık kalacak. Ve diğerlerine de. Başmelekler onlar hakkındaki ayrıntıları bilmiyor - ve bence böylesi daha iyi."

"Katılıyorum. Peki, ne yapmamız gerekiyor. Bunu yapmak için?"

"Rosalie," diye fısıldadı Hadz doğrudan sol kulağına. "Lia, E-Z ve Alfred'e yardım etmek istiyorsun, değil mi?"

"Evet," diye mırıldandı Rosalie.

Reiki konuştu. "Peki ya diğerleri? Onları korumaya istekli misin? Baş meleklerden bile mi?"

"Evet," diye yanıtladı Rosalie.

"Çok iyi," dedi Reiki. "Şimdi ona biraz hafıza desteği verelim. Yapmayı kabul ettiği şeyi unutmasını istemeyiz, değil mi?"

Hadz ve Reiki bir şarkı söylediler,

"Anılar güzel şeylerdir.

Duman halkaları gibi etrafta süzülürler.

Geri ve ileri, ileri ve geri

Bırakın Rosalie'nin anıları onu yolda tutsun.

Sihir, havada ve denizde sihir

Rosalie ile olan sözleşmemizi bağlayıcı kılıyor."

POP

POP

Hadz ve Reiki gitmiş, sevgili Rosalie ise horlamaya devam ediyordu.

BÖLÜM 20

AKRABALAR

Sabah, İngiltere'de, çaydanlık kaynarken John ve Paulhazırlanıyorlardı. Bilgisayar açıktı ve arama motoru açıktı.

"Ben çay yapayım," dedi John.

Paul arama çubuğuna Ezekiel Dickens yazarken, "Ben yazmaya başlayayım," dedi. "Oh," dedi John. "İşte bu beklenmedik bir şeydi."

John bir tepsi çay, bir kâsede topak şeker, sıcak tereyağlı tost ve yanında bir kavanoz marmelatla geldi.

"Bir şey buldun mu?" diye sordu.

"Şuna bir bak," dedi Paul, ekranı çevirip şeker topaklarını çayına karıştırarak.

Bu, Üçler'in Süper Kahraman web sitesiydi. E-Z'nin kendini tanıtmasını, ardından Lia ve Alfred'in gelmesini izlediler.

"Bu yasal mı?" John sordu. "Çizgi film kanalındaki üç karaktere benziyorlar."

Sonra rollercoaster kurtarma canlandırması başladı. Paul duraklat düğmesine bastı. Başka bir pencere açtı. Amusement Park Rescue E-Z Dickens yazdı. Bu konuda bir makale içeren bir gazete çıktı. "Bu yasal," dedi.

"Yani Charles'ın akrabası bir süper kahraman mı?"

"Sence birbirimize hiç benziyor muyuz?" Charles sordu. Uyuması için verdikleri büyük boy pijamaların içinde hâlâ yarı uykuluydu. Tabaktan bir dilim kızarmış ekmek aldı ve ısırdı.

"İkinizin de burnu Dickens burnu gibi," dedi John.

Charles ekranın duraklatılmış kısmına daha yakından baktı.

"Doğduğun zamana bakarsak," dedi Paul, Google'da aratarak, 1812'den bugüne, E-Z senin yedinci ya da sekizinci göbekten kuzenin olur."

"Uzak kuzen ne demek?"

"Aranızdaki kuşak sayısı anlamına geliyor," dedi John.

"Yani benim atam bir Süper Kahraman. Süper kahraman nedir? Sir Gwain ve Yeşil Şövalye'deki gibi bir şey mi?"

Paul, "Ah, çocukken okulda okuduğumu hatırlıyorum, evet, şövalyeler ve süper kahramanlar benzerdir," dedi.

John, E-Z Dickens'tan başka bir yerde bahsedilip bahsedilmediğini görmek için aşağı kaydırdı. Tekerlekli sandalyeye mahkûm olmadan önce ve sonra beyzbol oynadığı YouTube klipleri vardı.

"O tam bir atlet," dedi John. "Ve tekerlekli sandalyede spor yapıyor."

"Oyun Rounders'a benziyor," dedi Charles.

"Bir dakika, burada ailesiyle ilgili bir şey var," dedi Paul.

E-Z'nin anne ve babasının ölüm ilanlarını okudular, hayatlarını kaybettikleri kazayla ilgili.

"Zavallı çocuk," dedi Charles. "En azından artık ona bakacak babasının kardeşi Sam var."

"Neden ona bir yüzük vermiyoruz?" Paul sordu. Telefonunu açtı ve bilgi almak için aradı.

Charles omzunun üzerinden bakarken Paul telefonla konuştu ve bir kadın sesi cevap verdi. "Bir fincan çaya ihtiyacım var," dedi.

John ona bir tane getirmek için mutfağa gitti.

Bu arada Paul, Kuzey Amerika'daki Ezekiel Dickens'ın numarasını istedi. Numarayı çevirdikten ve telefon çalmaya başladıktan sonra Paul hoparlöre aldı.

"Alo," dedi Sam.

Charles neredeyse elindeki çay bardağını düşürüyordu.

"Merhaba, adım Paul ve Londra, İngiltere'den arıyorum. Ezekiel Dickens ile görüşmek istiyorum, lütfen."

"Ben amcasıyım, ne hakkında olduğunu sorabilir miyim?" Sam koridorda E-Z'nin odasına doğru yürüdü.

Üçü yeni düz ekran televizyonda bir film izliyordu. Sam uzaktan kumandayı aldı ve SESSİZ tuşuna bastı. Sonra telefonunun hoparlörünü açtı.

"Dürüst olmak gerekirse, pek emin değilim," dedi Paul. "Onunla konuşmak isteyen ben değilim, şey, şey..."

"Ben." Telefonu yeni bir ses devraldı. Daha genç birinin sesi.

"Peki sen kimsin?" Sam sordu.

"Adım Charles Dickens."

Sam telefonu yeğenine uzattı. "Adının Charles Dickens olduğunu söylüyor."

"Bugün tuhaf bir şey olacağını söylemiştim," dedi Alfred.

"Ben de," dedi Lia, "Ama Charles Dickens'la ilgili olacağını bilmiyordum!"

E-Z duraksadıktan sonra, "Ben E-Z Dickens, Bay Charles. Nasıl yardımcı olabilirim?"

Charles güldü. Gergin bir gülüştü bu. Ne söyleyeceğini bilmiyordu. Daha önce dünyanın öbür ucunda olan biriyle hiç konuşmamıştı.

"Geri geldim," diye ağzından kaçırdı. "Sizi bulmak için. Arkadaşlarım John ve Paul (elini telefonun üzerine koydu) - dedektörcüler..."

E-Z dedektör terimini daha önce duymamıştı.

Alfred, "Bir şeyler bulmak için aparatlar kullanıyorlar," dedi.

Paul sözü devraldı. "Nehre bir şey düştü. Charles Dickens içindeydi. Biri yeşil, diğeri sarı iki ışık bize Charles'ın E-Z Dickens ile temasa geçmesi gerektiğini söyledi."

"Ne tür bir şey?" E-Z sordu. "Silo gibi bir şey miydi?"

"Ben John," dedi yeni bir ses. "Hayır, bir küptü. Aynalı bir küp."

E-Z elini telefonunun üzerine götürdü, "O silo şeylerinden birine benzemiyor."

"Seni melekler mi gönderdi?" Lia ağzından kaçırdı. "Bu arada ben Lia'yım ve duyduğunuz diğer ses Alfred'di. E-Z ve Sam ile birlikte buradayız."

"Hepinizle tanıştığıma memnun oldum," dedi Charles.

"Kaç yaşındasınız?" E-Z sordu.

"Yaklaşık on, sanırım. Kuzen olduğumuz doğru mu?"

"Evet," dedi E-Z, "ve Sam Amca da senin kuzenin."

"Uzay ve zaman aracılığıyla birbirimize bağlıyız," dedi Charles.

"E-Z de bir yazar," dedi Sam.

E-Z irkildi ve yanaklarının ısındığını hissetti.

Sam yeğenini dirsekleyerek gerçeğe döndürdü.

"Bunu sindirmek çok zor Bay Dickens, yani Charles. Sizi buraya getirmek için bir plan yapmamız gerekecek, ya öyle yaparız ya da ben size gelirim. Bir süre John ve Paul ile kalabilir misin, ne yapacağımıza karar verdikten sonra tekrar temasa geçeriz?"

Paul, "Evet, annem Charles'ın hiç sorun çıkarmayacağını söylüyor. İstediği kadar bizimle kalabilir."

"Seni sonra ararım," dedi E-Z.

Telefonun bağlantısı kesildi.

"Bu arada," dedi Sam, "Arden'ın sabit diskinde işe yarar hiçbir şey yoktu. Birlikte çok oyunculu bir atış oyunu oynadıklarını doğrulamak dışında."

"Bildiğim iyi oldu," dedi E-Z, o kadarını kendisi de anlamıştı zaten.

BÖLÜM 21
PLAN VE ROSALIE

Odasında E-Z, Lia ve Alfred, Sam Amca ile birlikte yaptıkları konuşmayıtartışıyorlardı.

"Gerçek Charles Dickens'ın bizi telefonla aradığına inanamıyorum," dedi Sam.

"Evet, ama anlamadığım şey neden burada olduğu. Ve buraya ne için geldiği," dedi E-Z. "Yani, on yaşında - düşünüyor. Ve seyahat şekli kulağa tuhaf geliyor, aynalı kare bir kutu. Bu da neyin nesi?"

"Bir uzay gemisine benzemiyor," dedi Alfred, "Neye benzediğini bildiğimizden değil."

"Durun bir dakika!" Lia söyledi.

E-Z ona baktı. "Sen de benim düşündüğümü mü düşünüyorsun?"

Lia başını salladı.

"NE?" Alfred sordu.

"Başmeleklerin içimizden birinin ölmesi gerektiğini söylemek için bizi çağırdığı zamanı hatırlıyor musun?" Lia sordu.

Alfred ve E-Z başlarını salladılar.

"Kabı düşünün. Sanki tekrar içine girmişsiniz gibi ve bulduğumuz şeyleri hatırlayın. Bulduğumuz kâğıtları?"

"Nereye varmak istediğini anlıyorum. Diğer dünyaya ait bilgilerden bahsediyorsun. Alternatif boyutlardaki yaşamlarımız hakkında mı?" E-Z sordu.

"Kesinlikle," dedi Lia.

Alfred yatakta bir aşağı bir yukarı zıpladı.

"Ne?" diye sordu Sam. Sam sordu.

E-Z elinden geldiğince açıkladı.

"Bakalım doğru anlamış mıyım," dedi Sam. "Hepimizin buradan başka bir yerde devam eden hayatları var. Yani dünyada. Bizimkinden ayrı hayatlar yaşayan başka versiyonlarımız var. Ayrı zamanlarda, farklı mekânlarda, farklı boyutlarda."

"Bu doğru," dedi E-Z.

"O zaman hayatlarımızı değiştirebilir miyiz?" Sam sordu. "Yani, sonucu değiştirebilir miyiz? Korkunç şeylerin olmasını engelleyebilir miyiz?"

"Sanmıyorum," dedi Lia. "Ama diğer boyutlar hakkında ne kadar şey bilmemizi istediklerini bilmiyorum. Ama Eriel'in bize söylediğine göre, biz merkeziz. Olan biten her şey bizim ve şu anda yaşadığımız hayatın etrafında dönüyor."

"Yani," dedi Alfred, "Charles Dickens'ın burada olmasının Eriel ve diğerleriyle bir ilgisi olmalı."

"Evet, ben de öyle düşünüyorum," dedi E-Z. "Ama neden şimdi? Duruşmalar bitti. Bu onların seçimiydi. Yine de beni rahat bırakacak gibi görünmüyorlar."

"Charles Dickens'ı geri getirmek. Hem de on yaşındaki bir versiyonunu! Bana hiç mantıklı gelmiyor," dedi Lia.

"Belki onunla tanıştığımızda," dedi Sam, "her şey anlam kazanacak."

"Eğer işin içinde Eriel varsa," dedi E-Z. "Onunla hiçbir şey açık değildir."

Sam, "Görünüşe göre bunu öğrenmenin tek yolu Londra'ya gitmek," dedi.

"Sanki o kadar uzun zaman önce orada değilmişim gibi geliyor."

"Evet, gitmek senin için çok kolay. Tek yapman gereken sandalyeni doğru yöne çevirmek ve yola koyulmak," dedi Alfred. "Oysa benimle, tüm o kanat çırpmalarla birlikte çok fazla enerji söz konusu ve rüzgar da bir faktör."

E-Z, "Sam Amca seninle gelirse uçağa atlayabilirsin," diye önerdi. "Tek yapman gereken diğer yolcularla birlikte bir koltuğa oturmak ve yolculuğun tadını çıkarmak olur."

Alfred başını öne eğdi.

"Bunu kendini kötü hissetmen için söylemiyorum. Sadece hepimizin aynı gemide olduğunu hatırlatıyorum."

"Bunu anlıyorum. Ve teşekkür ederim."

"Tamam, şimdi asıl konumuza dönelim," diye ekledi E-Z. Televizyonu kapattı.

Lia transa geçmiş gibi önüne bakıyordu. "Rosalie!" diye haykırdı.

"Kim?" Alfred sordu.

Lia boşluğa bakmaya devam etti.

"Lia iyi mi?" Sam sordu. "Zar zor nefes alıyor."

Lia ayağa kalktı. "Sana söylemem gereken bir şey var. Biriyle tanıştım, yüz yüze değil ama kafamın içinde. O benim kafamın içinde ve bir süredir onunla konuşuyorum. Benden henüz bir şey söylememmi istedi. Sanırım bu Charles Dickens'ın reenkarnasyon olayıyla bağlantılı olabilir."

"Dinliyoruz," dedi E-Z, daha yakına eğilerek.

"Adı Rosalie. Boston'da bir Huzurevinde yaşıyor - ve oldukça yaşlı. Demans hastası."

"Bu hafıza kaybına neden olan bir hastalık değil mi?" Alfred sordu.

Ama Rosalie, Lia'nın onun adını andığını duyar duymaz zihninde ve bedeninde E-Z'nin odasına ışınlandı. Onların üzerinde geziniyor, söylenen her kelimeyi dikkatle dinliyordu. Kendisini görüp göremediklerini ya da duyup duymadıklarını anlamak için boğazını temizledi - göremiyorlardı. Keşke not defterini ve kalemini de yanında getirseydim diye düşündü.

BINGO.

İkisi de eline ulaştı. Gülümsedi ve not almaya koyuldu.

"Yani siz ikiniz ESP aracılığıyla mı bağlantı kuruyorsunuz?" Alfred sordu. "ESP'si olan tek kişinin ben olduğumu sanıyordum?"

"Tam olarak ESP olduğunu sanmıyorum. Sende olduğu gibi değil."

"Nasıl yani?" Alfred sordu.

"Rosalie'nin anıları gitti. En azından çoğu. Ailesi onu ziyarete geldiğinde onları tanımıyor bile. Pek sık ziyarete gelmiyorlar. Onlardan hoşlanmadığı için aldırmıyor. Ama bir şekilde birbirimize bağlandık. Bizim ve güçlerimiz hakkında her şeyi biliyordu. Bize göz kulak oluyordu, bir bakıma."

"Bunu bize neden şimdi anlatıyorsun?" E-Z sordu.

"Çünkü sorun olmadığını söyledi. Ayrıca Beyaz Oda'dan da bahsetti. Oraya bir değil, iki kez gitmiş. İlk seferinde sağ salim yatağına dönmüş ama bu sefer değil. Şu anda orada olduğunu ve eve gitmesine izin vermediklerini söylüyor."

"İkinizin de bildiği gibi, ben Beyaz Oda'da bulundum," dedi. "Orası Başmeleklerin bana ilk söz verdikleri ve tekrar ailemle birlikte olacağımı söyledikleri yer. Kısacası, denemeleri kullanarak beni gemiye getirdikleri yer."

Sam söze girdi: "Eriel beni bir keresinde Beyaz Oda'ya kaçırmıştı. En azından ilk başta yeterince hoştu - ta ki ayrılmama izin vermeyene kadar."

"Evet," dedi E-Z, "Eriel'in patavatsızlığı var. Ve orası oldukça havalı bir yerdir. Düşünerek istediğin her şeyi elde edebiliyorsun - büyü gibi. Ve kitaplar var - kanatları olan kitaplar. Ama burada çok fazla ayrıntıya girmek istemiyorum - Rosalie'ye odaklanalım. Şimdi ne oluyor?"

Rosalie güldü, ya Lia'ya aynı anda iki yerde olduğunu söyleseydi diye düşündü. Hayır, bu onları korkutabilirdi. Lia'yla kafasının içinde sohbet etti ve bu arada birkaç beyaz yalan söyledi.

"Uyuyormuş gibi yaptığını söylüyor. Gözlerinin önünde biri yeşil, diğeri sarı iki noktanın uçuştuğunu hatırlıyor."

"Hadz ve Reiki," dedi E-Z. "Onlardan korkmamasını söyle. Onlar iyi adamlar."

Rosalie iç çekti. Sonra bunun beklediği fırsat olabileceğini fark etti. Üçlüye diğerlerinden bahsetmek için. Dikkatlice düşündü ve bildiklerini paylaşma zamanının geldiğine karar verdi.

"Bekle, sana bir şey söylememi istiyor." Rosalie'nin sesi dudaklarının arasından dökülürken Lia önüne baktı, "Senin gibi başkaları da var, onları gördüm. Sanırım bu yüzden buradayım."

"Bizim gibi başkaları mı?" Lia, Alfred ve E-Z haykırdı.

"Onlara bu odadaki diğer çocuklar hakkında ne kadar şey söylemem gerektiğinden emin değilim. Bana bir tavsiyeniz var mı? Ne söylemeliyim? Bana zarar verirler mi? Onlara diğer çocuklardan bahsedersem, onları incitirler mi?" Rosalie, Lia aracılığıyla konuştu.

"Söz sende, E-Z," dedi Lia kendi adına.

"Önce onların söyleyeceklerini dinle," dedi E-Z. "Sana zaten ne bildiklerini söyleyecekler ve sen de daha ne kadar bilmeleri gerektiğine karar vereceksin."

"İyi bir tavsiye," dedi Alfred. "Her zaman iyi bir dinleyici ol. Özellikle de yabancı bir yerde zorla tutuluyorsanız."

Lia, "Eğer bizim de hatta kalmamızı istiyorsan, buradakileri haberdar ederim," diye önerdi.

Rosalie, Lia'nın ağzını kendi ağzı gibi kullanarak konuştu, "Tüm yetilerimi kendime saklamam gerekiyor... o yüzden şimdilik bu kadar diyeceğim. Yardımlarınız için size ve ekibinize teşekkür ederim. Buradayken size ihtiyacım olursa irtibatta olacağım. Aksi takdirde, eve döndüğümde size bilgi veririm ki bu da yakında olacak çünkü akşam yemeğini kaçırıyorum. Bu akşam hindi, patates püresi ve bezelye var." Tereddüt etti. "Bu arada Lia, giydiğin üst çok güzelmiş."

BINGO.

"Teşekkür ederim," dedi Lia, Rosalie'nin ne giydiğini nasıl bildiğini merak ederek tişörtüne bakarken.

"Ne?" E-Z sordu.

"Oh, hiçbir şey," dedi Lia.

Tekrar Beyaz Oda'ya dönmüşlerdi. Rosalie defterini komodinin çekmecesine koymanın daha iyi olacağını düşündü.

BINGO

Ve gitmişlerdi.

BINGO

Akşam yemeği geldi. Her şey çok lezzetliydi ama şimdi tek düşünebildiği çilekli kalın bir shake'ti.

BINGO.

Bir tane geldi ve yanında bir dilim Limonlu Beze Pastası.

Tam o sırada Eriel ve Raphael geldi.

"Oh, oh," dedi merdiven, Cadılar Bayramı için giyinmiş gibi görünerek ona doğru süzülürken.

"Rüya mı görüyorum? Yoksa öldüm mü?" Rosalie sordu.

"Hiçbiri" diye yanıtladı başmelekler.

BÖLÜM 22

TANIŞMA VE SELAMLAŞMA

"Sizdevam edin ve yemeğinizi bitirin," dedi Raphael.

"Evet, yapacak daha iyi bir şeyimiz yok," dedi Eriel.

Onlar yemeğini yerken Rosalie çiğnemekte zorlanıyordu. Tadına bakmakta zorlanıyordu. Ve daha soğuk görünüyordu. Kitap raflarına ve merdivene baktı. Bıçağını ve çatalını bırakırken bu iki yabancının iyi niyetli olmadıklarını hissediyordu.

"Her şeyden önce," diye başladı Eriel, "bu konuşma sadece ikimizin arasında kalmalı."

Zihninde Lia'yla konuştu. "Orada mısın çocuğum? Dinliyor musun?"

"...Yok oluş."

"Özür dilerim," dedi Rosalie, "ama baştan başlayabilir misin, yani en baştan? Yaşlandım ve bana ne anlattığınızı unuttum."

Eriel ofladı pufladı. Azarlanmış küçük bir çocuk gibi kanatlarını açtı ve uçup gitti. Kütüphanenin tepesine yaklaştığında kollarını kavuşturdu ve bekledi. Raphael'in denemesini bekledi.

Raphael Rosalie'ye doğru eğildi.

"Gözlüklerin gerçekten çok güzel," dedi Rosalie. "Ama içinde dolaşan ve titreşen kan yüzünden beni biraz deniz tutmuş gibi hissettiriyor."

Eriel güldü.

Raphael gözlüklerini çıkardı ve siyah cüppesinin ceplerine koydu.

"Canım Rosalie," dedi Raphael, "lütfen bilgili arkadaşımın kabalığını görmezden gel, ama burada bir durumla karşı karşıyayız. Sadece senin değil, E-Z'nin, Lia'nın, Alfred'in ve diğerlerinin de yardımına ihtiyacımız olan bir durum. Diğerlerinden bahsederken kimleri kastettiğimi biliyorsun, değil mi?"

Rosalie hiçbir şey söylemeden başını salladı.

"Biz baş meleklerden oluşan bir ekibiz ve güçlerimiz sınırlı. Dünyanın her yerinde olan şey ruhlara oluyor."

"Yani insanlar öldüğünde mi?" Rosalie sordu.

"Aynen öyle."

"Ama bu bizimkinden çok sizin alanınız değil mi? Tanrı'yla konuştunuz - o sizi tanıyor, değil mi? Ve eğer vahim bir durumu düzeltmeye çalışıyorsanız, neden doğrudan ona sormuyorsunuz?"

Raphael ve Eriel konuşmayınca Rosalie devam etti.

"Anladığım kadarıyla bir insan öldüğünde bedeni gömülüyor. Ya da yakılıyor. Ruhları - eğer varsa - başka bir yerde yaşamaya devam ediyor."

Eriel saniyeler içinde onun yüzüne bakıp hırladı. "Bu doğru değil.

Raphael onu kenara itti. "Bu senin bildiğinden daha karmaşık. Çoğu insanın anlayamayacağı kadar karmaşık."

"İnsanlar oldukça zekidir," dedi Rosalie. "Aya gittik, uçağı, interneti, ateşi icat ettik. Ben dahi değilim ama yine de beni ikna etmek için buraya getirdiniz."

Eriel yine güldü.

Bu kez Raphael de kendini tutamadı ve o da güldü.

Ve güldü. Ve güldü.

İkisi de kendilerini durduramadı.

Rosalie onları görmezden geldi. Etrafında olup bitenleri görmezden geldi. Merdiven kendini bir ileri bir geri atıyordu. Kitaplar dışarı fırlıyor, sonra tekrar içeri giriyordu. Çok gürültülüydü. Çok gürültülüydü. Bir kez daha odasının sessizliğini özlemişti.

Anne of Green Gables, diye düşündü.

BINGO.

Kitap elindeydi. Açtı, bir yer imi buldu ve okudu. Eğer onun yardımına ihtiyaçları varsa, bunun için çalışmak zorundaydılar. Kendisine ve tüm insan ırkına hakaret ettiklerine göre, bunu onlar için kolaylaştırmayacaktı.

"Aferin sana," diye fısıldadı Lia Rosalie'nin zihninin içinden. "Yetki sende. Ben de E-Z ve Alfred'le buradayım ve arkanı kollayacağız."

Raphael ve Eriel hâlâ gülüyorlardı. Kontrolden çıkmışlardı. Birbirlerine bağlanmış balonlar gibi havada zıplıyorlardı.

Sonra Limonlu Beze Pastası'nın henüz yenmediğini hatırladı. Kitabı bir kenara bıraktı ve çatalını turtaya batırıp bir ısırık aldı. Mükemmeldi. Ne çok tatlı ne de çok ekşiydi, tam annesinin yaptığı gibiydi. Bir çatal dolusu daha aldı.

Yukarıda Eriel ve Raphael histerik bir haldeydi.

"Kesin şunu!" Rosalie bağırdı. "Siz ikiniz tanıdığım en kaba, en iğrenç şeylersiniz. Ve ben hayatım boyunca çok iğrenç insanlarla tanıştım." Çatalını yere bıraktı. "Size hiç terbiye öğretilmedi mi? Hiç mi görgü öğretilmedi?" Çatalını aldı ve onlara doğru uzattı.

Eriel aşağı uçtu. Saniyeler içinde ağzı açık bir şekilde Rosalie'nin yanına geldi. Rosalie çatalı limonlu lorun içine sapladı, sonra da başmeleğin ağzına soktu.

"Ewwwwww!" diye bağırdı. Sanki ona arsenik vermiş gibi tükürdü.

"Annem bana hep paylaşmayı öğretti," dedi sırıtarak.

Eriel'in solgunluğu siyahtan yeşile döndü. Kustuktan sonra duvarın içinde kayboldu.

"Sanırım turta hayranı değil?" Rosalie öyle dedi.

Lia Rosalie'nin zihninde gülüyordu.

Raphael cüppesinin ceplerinden gözlüklerini çıkardı, temizledi ve tekrar yüzüne taktı. Rosalie'nin yanına oturdu. O kadar yakındı ki neredeyse kucağına oturacaktı.

Zavallı Rosalie.

"BAŞKALARININ DA OLDUĞUNU BILIYORUZ VE ONLARIN KIM OLDUKLARINI VE NEREDE OLDUKLARINI BILMEMIZ GEREKIYOR - HEMEN!"

O konuşurken Raphael'in yüzü tanınmaz bir hale geldi.

Rosalie'nin tüyleri diken diken oldu. Vücudu titredi.

"Kaba insanlar asla istediklerini elde edemezler ve sen, canım, çok kabasın. Arkadaşın da öyle," diye fısıldadı Rosalie.

Rosalie daha önce olduğu haline geri döndü.

Ancak bu sefer başmeleğin tavrı değişmişti. Sesi de şurup gibiydi,

"Şu duvardan geçip Eriel'e katılacağım. Beş dakika içinde geri dönüp yeniden başlayacağız. Yardımınıza ihtiyacımız var - haklısınız - ve bunu yapmamız gerektiği şekilde istemiyoruz." Sonra duvardaki kadına, "Zamanlayıcıyı beş dakikaya ayarla." Sonra tekrar Rosalie'ye, "Zamanlayıcı çaldığında geri dönüp tekrar başlayacağız." Söz verdiği gibi, Raphael duvara doğru ilerledi ve duvarın içinde kayboldu.

Duvardaki saat yüksek sesle tik tak ediyordu. Yersiz görünüyordu. Hatta kütüphane için fazla gürültülüydü.

"Çok sinir bozucu!" dedi merdiven yaklaşarak.

"Bütün bu kargaşa için özür dilerim," dedi Rosalie. "Benim burada olmam size kaostan başka bir şey getirmedi."

"Seni seviyoruz," dedi merdiven. "Neden biraz hareket etmiyorsun? Kendini daha iyi hissedersin."

Rosalie ayağa kalktı, bu kadar büyük bir yemek yedikten sonra yorgun hissetmeyi bekliyordu. Bunun yerine enerjikti. Özellikle de bacakları. Sanki yeniden on yaşındaymış gibi hissediyordu. Zıplama hareketi yaptı. Ne kadar eğlenceliydi!

"Ve şimdi," dedi Rosalie, "bir sonraki numarası için. Büyükanne bir değil, iki değil, art arda üç takla atmayı deneyecek," dedi. "Teşekkür ederim, teşekkür ederim!" dedi ve Olimpiyatlarda Altın Madalya kazanmış gibi eğilip el salladı.

BRRRIIIING.

Zamanlayıcı bitti. Eriel ve Raphael geldi.

Başmelekler farklı giyinmişlerdi. Sanki iki farklı partiye gidiyorlardı.

Eriel koyu renk iğne şeritli bir takım elbise, beyaz gömlek ve kravat giymişti.

Raphael ise vücudunu boyundan ayak parmaklarına kadar tamamen örten Mumu benzeri kırmızı bir elbise giymişti.

Rosalie, "Kendimi az giyinmiş hissediyorum," dedi.

BINGO.

Şimdi en şık elbisesini giymişti. Öldükten sonra giymek istediğini belirttiği elbiseydi bu.

Gözlerini yukarı dikerek sandalyeye çöktü. Ve baş melekler ona doğru süzüldüler. Kanatları kelebek kanatları gibi hareket ediyor, zarafet ve güzellikle ona yaklaşıyorlardı. Gözleri doldu.

"Size nasıl yardımcı olabilirim, sevgili varlıklar?" Rosalie sordu.

Sanki şimdi onun üzerinde bir güçleri vardı, üstesinden gelmek istemediği bir güç. Yere çöktü, şimdi iki başmeleğin önünde diz çökmüştü. Raphael sağ omzuna, Eriel de sol omzuna dokundu.

"Bize bilmemiz gerekenleri söyle," diye mırıldandılar.

"Diğerleri dağıldı," dedi ve sonra ipsiz bir kukla gibi yere düştü.

"Bunun için çok yaşlı," dedi Eriel. "Eğer ölürse, bize hiçbir faydası olmaz."

"Devam et, işe yarıyor."

POP.

POP.

Hadz ve Reiki belirdi, her biri Rosalie'nin kulaklarına fısıldadı. Ayağa kalkmasına yardım ettiler.

"Defolun buradan sizi iki davetsiz misafir!" Eriel patlayıcı bir sesle bağırdı,

Rosalie onu soktukları trans halinden çıktı.

"Git buradan!" Raphael haykırdı ve hiç POP yoktu, onun yerine duyulan ses tek bir

SPLAT.

Rosalie ellerini kalçalarına koydu, "Umarım o iki cana zarar vermemişsindir. Aslında, sana yardım etmeyi düşünmemi istiyorsan, onları hemen buraya getirmelisin ki iyi olduklarını görebileyim. Onları geri getirene kadar sana başka bir şey söylemeyi reddediyorum." Odayı geçti, sırtını beyaz duvara dayayarak oturdu ve gözlerini kapatıp bekledi. Bütün gün, bütün hafta, bütün yıl bekledi. Hiçbir yerde olmak ya da hiçbir şey yapmak için acelesi yoktu.

POP.

POP.

"Teşekkür ederim," dedi Hadz ve Reiki, Rosalie'nin omuzlarına otururken.

"Bu işi berbat ediyoruz," dedi Raphael. Sonra Hadz ve Reiki'ye, "Dünyanın içinde bulunduğu durumu biliyorsunuz, bu insanın yardımına ulaşmamız için bize yardım edebilir misiniz?"

Reiki, "Bir durum olduğunu biliyoruz! Eğer E-Z, Lia ve Alfred'le yaptığınız anlaşmadan dönmeseydiniz, onlar çoktan gemiye binmiş olacaklardı. Rosalie ikinize de güvenmiyor."

Hadz, "Ve sen de ona karşı dürüst olmadın." dedi.

Hadz, "İnsanlar için güven ve dürüstlük her şeydir," dedi.

Eriel onlara doğru atıldı.

Raphael onu durdurdu ve şöyle dedi: "Bizim tarafımızdan bir hata yapıldı ve bu hatanın sebep ve sonuçları var. Dünyayı ikincil hasarlardan kurtarmaya çalışıyoruz. Bunu yapabilmemizin tek yolu, kendilerine güçler, doğaüstü, süper kahraman güçleri verilmiş olanları çağırmak. Onlar olmadan insanlık başarısız olacak - ve bu bizim hatamız olacak."

Rosalie ayağa kalktı. Her iki omzunda oturan iki küçük yaratığa baktı. "Bu ikisine güvenebilir miyim?"

"Raphael güvenilirdir," dedi Hadz.

"Ama biz ondan emin değiliz," dedi Reiki.

POP.

POP.

Her ikisi de Eriel tarafından madenlere geri gönderilme korkusuyla ortadan kayboldu.

Eriel yükseldi, daha da yükseldi, sonra tavanda kayboldu.

Rosalie konuyu değiştirdi. "Ben bunu düşünürken, sen de bu yerin ne olduğunu açıklayabilir misin? Ben buraya Beyaz Oda diyorum, ama bu doğru bir isim mi - ve neden ne zaman bir şey dilesem, o şey ortaya çıkıyor? Belki de adı Sihirli Oda'dır?" O anda Rosalie'nin aklına tekerlekli sandalyedeki melek/çocuk E-Z geldi.

ACK.

E-Z geldi.

"Oha!" dedi, Beyaz Oda'da Rosalie'ye katıldığını fark ederek. Güneş gözlüklerini düşündü ve

PRESTO

Yüzündeydiler. Odanın içinde dolaşarak bacaklarını ve zemini bir kez daha hissetmeye çalıştı. Sonra elini uzattı ve "Sen Rosalie olmalısın." dedi.

"Ve sen de E-Z olmalısın," dedi, "tekerlekli sandalyesiz. Burası gerçekten büyülü!"

"Ve merhaba, Raphael."

"Hoş geldin, E-Z," dedi Raphael. Sonra Rosalie'ye, "Gizlilik buraya kadarmış - bunun gizli olması gerekiyordu."

"Sana verdiği sözler her neyse, onları tutmayacaktır. Sözünü tutma konusunda işe yaramaz - ve Eriel de Ophaniel gibi daha da kötü - ve sen onunla henüz tanışmadın bile. Yine de hepsinin bir avuç yalancı olduğunu bilmeni isterim."

"Bunu anlamıştım," diye itiraf etti Rosalie. "Ve o gitti, Eriel şımarık bir çocuk gibi davranıyor."

"Bunu görmek isterdim," dedi E-Z. "Kulağa hiç Eriel'e yakışmayan bir şey gibi geliyor ama dostum, bunu görmek harika bir şey olurdu."

"Bu kadar samimiyet yeter," dedi Raphael. "Sanırım size de durumu açıklamaktan başka çarem yok." Ayaklarını yere vurdu ve kanatları somurtarak yanlarına düştü. E-Z ve Rosalie'nin yüzüne döndü. "Bizim tarafımızdan yapılan bir hata nedeniyle dünyanın kurtarılması gerekiyor. Siz ve diğerleri durumu düzeltmek için - yani dünyayı kurtarmak için - bize yardım etmek istiyor musunuz, istemiyor musunuz?"

Rosalie ve E-Z karşılıklı bakıştılar.

"Siz devam edin," dedi Rosalie. "Neye karar verirseniz verin ben varım."

E-Z hemen cevap vermedi.

"Bana her şeyi anlatırsan, ben de diğerlerine iletirim ve bir oylama yaparız. Biz demokratik bir grubuz."

"Bu ne kadar sürer?" Raphael alay etti. "Peki bana nasıl geri döneceksin? Belki de sen bir çözüm bulana kadar Rosalie'yi burada tutsak olarak tutmalıyım? Yirmi dört saat yeterli olur mu?"

Rosalie, "Bu odada kalmamın bir sakıncası yok. Okuyacak bir sürü kitap var ve istediğim her şeyi sipariş edebilirim. Evde olmaktan çok daha ilginç ve heyecan verici."

E-Z başını salladı. Rosalie'ye, "Teşekkür ederim ve haklısın bu oda oldukça özel. Burada güvende olacaksın." Sonra Raphael'e, "Rosalie senin tutsağın olmayacak, aslında misafirin olacak." Raftan bir kitap uçtu ve eline düştü. Harry Potter ve Sırlar Odası'ydı bu.

"Bunu okumak isterdim," dedi Rosalie. Kitap E-Z'nin elinden çıktı ve Rosalie'ye doğru uçtu. Rosalie kitabı yakalayıp açtı ve hemen okumaya başladı.

"Rosalie misafirimiz olacak," dedi Raphael. "Yirmi dört saat sonra mı?"

"Yirmi dört saat," diye onayladı E-Z.

"Bekle!" diye bağırdı bir ses. Bedeni olmayan bir ses. Yankılanan ve yankılanan bir ses. Ta ki yukarıdaki raftan bir kitap yerinden çıkana kadar. Kanatları öne doğru fırlayıp onu belini kırmaktan kurtarana kadar yere doğru düştü.

Raphael ses karşısında irkilmiş görünüyordu. Geri çekilmeye çalıştı ama bir şey onu durdurdu.

Rosalie ve E-Z bekleyip dinlediler.

"Raphael sana her şeyi anlatmadı," dedi gürleyen ses.

Sanki her hecede hava titreşiyor gibiydi, ama iyi, nazik ve kibar bir şekilde, korkutucu bir dünyanın sonu şeklinde değil.

"Anlat bize," dedi E-Z.

"Biraz daha sessiz," diye önerdi Rosalie. "Yaşlıyım ama sağır değilim, biliyorsun!"

"Özür dilerim," dedi ses. Boğazını temizledi. Sonra fısıldadı, "E-Z Dickens, sana verdiğimiz seçenekleri hatırlıyor musun? İki seçeneği?"

E-Z onları yeterince iyi hatırlıyordu. Biri sonsuza kadar siloda kalmaktı. Ailesinin anıları döngü halindeydi. Diğeri ise Sam Amca'yla olan hayatına geri dönmekti.

"Evet."

"Bana seçimler hakkında ne hatırladığını anlatır mısın?" diye sordu ses.

"Konteynırda kalabileceğimi ve ailemin anılarını döngü halinde yeniden yaşayabileceğimi ya da Sam Amca'yla olan hayatıma geri dönebileceğimi söylediler."

"Peki ya ruh yakalayıcı? Ondan ne haber?"

"Hiçbir şey," diye itiraf etti E-Z omuz silkerek.

Ses böğürdü - sanki şimdi konuşmak ona acı veriyormuş gibi. Raflar sallandı ve eşyalar rastgele havaya fırladı. Önce dev bir turşu çıktı. Yeşil nesne önce saat yönünde, sonra saat yönünün tersine döndü ve kayboldu.

Sonra üstlerinde bir ayna topu belirdi. Döndükçe renk değiştiriyordu. Çok hızlı dönmeye başladığında, üzerlerine düşeceğinden korktular. Siper almak için harekete geçtiler ama bunu başaramadan top kayboldu.

Sonra, bir palyaço kafası belirdi. Önlerinde süzüldü ve "Siyah ve beyaz ve siyah ve beyaz ve siyah ve beyaz ve siyah ve beyaz nedir?" dedi.

"Yeter!" diye gürledi ses.

"Özür dilerim," dedi Raphael.

"Olmalısın!" diye titredi ilk ses. Sonra daha sessiz, daha nazik, yumuşak bir sesle, "E-Z ve ekibinin Ruh Yakalayıcılar hakkında her şeyi bilmeleri gerekiyor. Aksi takdirde, ihlalin karmaşıklığını anlayamayacaklar."

Ses birkaç saniye durakladıktan sonra devam etti: "Bir Ruh Yakalayıcı, bir insan bedeni öldüğünde ruhları yakalar. Orası hiç bitmeyen bir dinlenme yeridir. Tüm insanların ve tüm yaratıkların gidecekleri gemiler vardır. Silo dediğiniz şey bir ruh yakalayıcıdır. Sonsuzluk için bir dinlenme yeri."

"Tamam," dedi E-Z. "Peki, bunun dünyanın sonuyla ne ilgisi var?"

"Ruh yakalayıcımı görmek istiyorum," dedi Rosalie.

"Eğer sen ve arkadaşların BİR ŞEY YAPMAZSAN, kimsenin Ruh Yakalayıcı'sı olmayacak. Bedenin öldüğünde, sen de ÖLECEKSİN. Bu kadar. Bu kadar. Sizin ve diğer herkesin ruhunun gidecek hiçbir yeri olmayacak ve bir ruhun gidecek hiçbir yeri olmadığında, o zaman bir amacı da kalmaz. Artık var olması için bir sebep yoktur. Ve ruhlar olmadan insanlar sadece birer et parçasıdır."

"Dur bir dakika," dedi E-Z. "Ruh Yakalayıcılar'dan sorumlu olan kişi olduğunu mu söylüyorsun? Onlara ne derseniz deyin - CEO, Başkan, özünü anladınız. Onların ele geçirildiğini mi söylüyorsun?"

Raphael cevap vermek için ağzını açtı ama E-Z henüz konuşmasını bitirmemişti.

"Tüm bu Ruh Yakalayıcı olayı nasıl işliyor? Ben birkaç kez benimkine çağrıldım ve ÖLÜ bile değilim. Bu her ne iseler, şimdi beni istedikleri zaman Ruh Yakalayıcı'ya zorla sokabileceklerini mi söylüyorsun?" Duraksadı, "Peki Charles Dickens hakkında ne biliyorsun? Aynalı bir kapta geldi, yani bir Ruh Yakalayıcı değil. Ruhu bir yerden başka bir yere nasıl gitti? Onun dirilişi siz baş meleklere mi bağlı?"

Raphael onun başka soruları olup olmadığını görmek için bekledi.

Vardı.

"Peki ya benim en iyi iki arkadaşım PJ ve Arden? Onlar nasıl uyum sağlıyor? İkisi de komada. Onları geri getirmek istiyorum. Sana yardım etmek onlara yardım edecek mi?"

Duvardaki ses yanıt olarak gürledi.

"Ruh Yakalayıcıları kimse yönetmiyor. Kâr amaçlı kurulmuş bir şirket gibi değil. Biri öldüğünde, ruhu yakalanır ve atanan Ruh Yakalayıcı'da yaşar."

"Anlamıyorum," dedi E-Z. Sonra, "Bir dakika, biri ya da bir şey Ruh Yakalayıcıları ele mi geçirdi? Ve eğer cevap evet ise, o zaman biz bu işe karışmadan önce kim olduklarına dair daha fazla bilgiye ihtiyacım olacak. Eğer siz başmelekler onları yenemiyorsanız, bizim yenmemizi nasıl beklersiniz?"

Duvardaki ses Raphael'e, "Eriel bu çocuğun bir tuğla kadar kalın olduğunu söylerken yanılıyordu. Tek seferde başardı. Aferin, E-Z."

"Ah, teşekkürler, sanırım," dedi. "Ama tam olarak neyi doğru yaptım?"

Ses devam etti. "Üç tanrıça gerçekten de ruh yakalayıcıları kaçırdı."

E-Z konuşmak için ağzını açtı ama o daha konuşamadan ses tekrar konuştu.

"Charles Dickens senin şüphelendiğin gibi bir ruh yakalayıcıyla gelmedi. Kan akrabalarının zaman ve mekân üzerinde güçleri vardır. Onu sen çağırdın. O da sana yardım etmeye geldi."

"Onu ben çağırmadım!" E-Z dedi.

"Ama yine de geri döndü ve senin adını biliyor ve sana yardım etmek istiyor, öyle mi?"

E-Z başını salladı.

"Ve son soruna gelirsek, evet, arkadaşlarının hayatı üç tanrıça yüzünden tehlikede."

"Tanrıçalar mı?" E-Z tekrarladı. "Yunan mitolojisindeki gibi mi? Onlar gerçek mi? Tüm o hikâyelerin kurgu olduğunu sanıyordum."

"Onlar tarihi gerçeklere dayanıyor," dedi Raphael.

"Mitolojik tanrıçalardan oluşan bir takıma karşı çıkamayız!" E-Z haykırdı. "Biz daha çocuğuz."

"Bunu yapmazsanız riskler çok daha büyük olur çünkü bize yardım etmesini isteyebileceğimiz başka kimse yok. Batman yok, Örümcek Adam yok, gerçek hayatta Süper Kahramanlar yok. Tek kahramanlar sizsiniz çocuklar, yapabilir misiniz? Yardım edecek misiniz? Bu sorunu çözmek için bedenlere, sahadaki insanlara ihtiyacımız olduğunu biliyoruz. Güçleri olan insanlar kazanabilir. Bu şeyi yenebilirsiniz. Bu şeyleri.

Bir kere, onları görebiliyorsunuz. Biz göremiyoruz," dedi Raphael.

"Yardıma ihtiyacınız olduğunu biliyorum ama günü nasıl kurtarabileceğimizi göremiyorum - güçlü tanrıçalara karşı değil. Evet, güçlerimiz var ama tam olarak neyle karşı karşıyayız? Bizden ne bekleniyor? Bizim için tehlikeler neler? Yani, siz zaten ölüsünüz - biz değiliz. Eğer yardım edersek, bunun riskleri nelerdir?"

Duraksadı ve kimse bir şey söylemeyince devam etti.

"Eğer kabul edersek, Sam Amcamı, karısı Samantha'yı ve bebekleri koruyabilir misiniz? PJ ve Arden'in Ruh Yakalayıcılar'da ölmeyeceğinden emin olabilir misiniz? Peki bizim çıkarımız ne olacak? Sonuçta hayatlarımızı riske atmış olacağız. Siz insan değilsiniz, yani kaybedecek bir şeyiniz yok!"

Rosalie araya girdi, "E-Z, başka bir seçeneğiniz olduğunu sanmıyorum. Haklısın, riskler olacak ve ben henüz ölmedim - ama yaşlıyım - bu yüzden benim için risk o kadar da büyük değil. Ayrıca, hayatım sona erdiğinde beni bekleyen bir ruh yakalayıcı olacağı fikri hoşuma gidiyor."

E-Z başını salladı. "Bunu anlıyorum. Ailemin ortalıkta dolaşıyor olması fikri. Yalnız. Evsiz barksız. Ruh yakalayıcıları yok. Bu beni hasta ediyor. Beni o kadar kızdırıyor ki tükürmek istiyorum. Ama yine de diğerleriyle konuşmam gerekiyor," diye tekrarladı E-Z bacak bacak üstüne atarak. Bacak bacak üstüne atmak gibi basit şeyleri yapabilmek çok iyi hissettiriyordu.

Lia kafasının içinden ona, "Tam bir konuşma ustasına dönüşüyorsun," dedi.

"Ah, teşekkürler," diye cevap verdi.

"O zaman olduğun gibi," dedi ses. "Yirmi dört saat. Bu süre zarfında Rosalie burada bizimle kalacak."

"Misafiriniz olarak," diye vurguladı E-Z.

"İyi olacağım," dedi Rosalie. "Ve Lia'yla sohbet ederek iletişim halinde olacağım. Lia ve ben sohbet etmeyi severiz."

Başını salladı. Lia ile, Lia aracılığıyla. E-Z neyi bilip neyi bilmediklerinden emin değildi - ama onlara zaten sahip olmadıkları bir şey vermeyecekti.

"Yakında görüşürüz," dedi ve el sallayarak veda etti.

Sonra tekrar tekerlekli sandalyesine döndü. Arkadaşlarıyla yüz yüze gelmişti. Ama onlara nasıl anlatabilirdi? Nasıl açıklayabilirdi?

Sonunda en iyi hareketin her şeyi ağzından kaçırmak olduğuna karar verdi. Tam olarak da öyle yaptı.

BÖLÜM 23

DEĞİŞİKLİKLER

E-Z'nin haberi duymayı bekledikleri gibi olmasada, hem Alfred hem de Lia'nın cevap olarak söyleyecek çok şeyi vardı.

"Ne kadar yüzsüzler!" Alfred haykırdı. "Bize yaptıklarından sonra. Yani önce söz verip sonra sözlerinden dönmeleri ve oyun planını değiştirmeleri. Ben kendi adıma hiçbirine güvenmiyorum."

"Bu çok önemli ve ölen sevdiklerimizi de ilgilendiriyor," dedi E-Z.

"Nasıl yani?" Sam sordu.

"Ayrıntıları bilmiyorum. Tek bildiğim, planları tüm Ruh yakalayıcıları ele geçirmek ve kontrol etmek olan üç kötü tanrıçayı içerdiği."

"Bu çılgınlık!" dedi Lia. "Onları neden istesinler ki? Neden bu kadar zahmete girsinler? Bundan ne çıkarları var?"

"Dur bakalım," dedi E-Z. "Bana söyledikleri her şeyi sana anlatacağım. Unutmayın, onlar da kesin olarak bilmiyorlar.

"Her neyse, işte başlıyoruz. Onlar geri getirilmiş mitolojik tanrıçalar. Amaçları Ruh Yakalayıcıları kontrol etmek - mümkün olan her şekilde.

"Ve bunu yapmak için seçtikleri yol, insanları öldürmek. Ölmemesi gereken insanları! Sonra da onları ele geçirdikleri Ruh Yakalayıcılara yerleştiriyorlar. Onlara ihtiyacı olan insanlardan. Böylece ruhlarının gidecek hiçbir yeri olmuyor."

"Hâlâ anlamıyorum," dedi Lia.

"Şöyle düşün. Lia, sen, Alfred ve ben zaten Ruh Yakalayıcılarımızdaydık. Ölmeden önce çok az kişinin oraya girmesine izin verilir. Yani kim olmak ister ki?"

"Katılıyorum," dedi Alfred.

"Aynen," dedi Lia.

"Peki ya sana şu anda Ruh Yakalayıcı'nın başka biri tarafından doldurulduğunu ve artık senin olmadığını söylesem?"

"İnsanların Ruh Yakalayıcılardan haberi bile yok!" Alfred haykırdı. "Çoğu ruhlarının cennete gittiğini sanıyor (ya da kötüyse sıcak yere.) Bilselerdi buna üzülürlerdi. Ama bilmiyorlar."

"Evet, hakkında hiçbir şey bilmediğin bir şeyi özleyemezsin," dedi Sam. "Bilmediğin bir şey için de savaşamazsın."

"Bana ailemin ruhlarının şu anda evsiz bir şekilde etrafta dolaşıyor olabileceğini söylediler. Bu beni çok etkiledi."

"İşte tam da bu yüzden sana söylediler!" dedi Sam. "Bu düpedüz manipülasyon."

"Hayır, bu duygusal şantaj," dedi Alfred. "Ama bunu neden söylediklerini anlıyorum. Bana da ailem hakkında aynı şeyi söyleselerdi, ben de dahil olmak isterdim. Bu tanrıçalarla savaşmak istiyorum. Öfkeli biri olsaydım, duygularıma göre hemen harekete geçerdim. Ama burada mantıklı olmamız gerekiyor. Aklımızı başımıza toplamalıyız."

"Kim bu tanrıçalar? Onlar hakkında ne biliyoruz?" Lia sordu.

"Ve baş meleklerin bu işte doğru tarafta olduklarından emin miyiz?" Sam sordu.

"Kendilerinden kaynaklanan bir hatanın buna neden olduğunu söylediler - ama tam olarak nasıl ya da neden olduğunu söylemediler. Ve zaten onlardan alabildiğimden daha fazla bilgi için sıkıştırılacak havada değillerdi. Ayrıca Rosalie ellerinde ve bir karar vermek için zamanımız azalıyor."

"Kesinlikle," dedi Lia. "Yine de, neyle karşı karşıya olduğumuzu bile bilmezken nasıl karar verebiliriz? Çocuk olduğumuzu biliyorlar. Evet, her birimizin eşsiz güçleri var - ama bunlar yeterli mi? Başmelekler bu durumu kendileri yönetemiyorsa... bizim yönetebileceğimizi nereden biliyorlar?"

"Bunu söyleyemem. Bana daha fazlasını anlatmaları için onlara baskı yaptım. Eğer duvardaki ses olmasaydı, bana öğrendiğim kadarını anlatmazlardı."

"Bizden bilgi saklamaya nasıl cüret ederler!" Alfred haykırdı.

"Bildiklerimi açıkladım. Onlardan üç tane var. Onlar tanrıça - gerçek olmadığını düşündüğüm mitolojik yaratıklar."

"Onlara karşı silahlanmak için bilmemiz gereken her şeyi internetten öğrenebiliriz," dedi Sam. "Ama bu biraz zaman alacaktır." Tereddüt etti. "Ancak, Ruh Yakalayıcılar hakkında bilgi ararken pek şansımız olacağını sanmıyorum."

"Ben zaten denedim ve hiçbir şey bulamadım."

"Onları ilk ne zaman duydun?" Sam sordu.

"Duvardaki ses bana onlardan daha önce bahsedildiğini ima etti ama ne zaman hatırlamaya çalışsam sanki bir duvar bilgiyi engelliyor."

"Vay canına! Aynı şey bana da oluyor," dedi Lia. "Bu çok garip."

E-Z telefonundaki saate baktı. "Hepinize düşünecek çok şey verdim. Kesin bir karar vermek için sabaha kadar vaktimiz var... ama onlara yardım etmeyi kabul etmekten başka bir seçeneğimiz olduğunu sanmıyorum. Yani biz yapmazsak kim yapacak?"

"Ben de aynı şeyi düşünüyordum," dedi Alfred. "Ama yine de bu konuda izledikleri yolu beğenmedim."

"Benim de öyle," dedi Lia. "Ben yatmaya gidiyorum. Herkese iyi geceler. Sabah görüşürüz." Kapıyı arkasından kapattı.

"Bir şeye ihtiyacın var mı?" Sam sordu.

"Hayır, böyle iyiyim. İyi geceler Sam Amca."

"İyi geceler E-Z. Seninle ne kadar gurur duyduğumu ve ailenin seninle ne kadar gurur duyacağını söylemeliyim."

"Teşekkürler."

"Ve iyi geceler Alfred," dedi Sam kapıyı açarken.

"İyi geceler," dedi Alfred, sonra başını kanadının altına koyup uykuya daldı.

Uyuyamayan E-Z, ellerini başının arkasında birleştirerek tavana baktı. Birkaç mekik çekti, sonra uyuyacağını umarak yan döndü. Bunun yerine, biri yeşil diğeri sarı iki ışığın kendisine doğru süzüldüğünü gördü.

"Uyanık mısın?" Hadz sordu.

"Hayır," dedi E-Z sırıtarak doğrulduğunda.

"Seninle konuşmamamız gerekiyor," dedi Reiki, "ama seninle konuşmak zorundayız, bu yüzden sana ne söylememiz gerektiğini tahmin etmen gerekiyor."

"Tahmin mi? Cidden mi? Bana bir ipucu verebilir misiniz... bilirsiniz, benim için alanı biraz da olsa daraltabilir misiniz?"

Melek olmak isteyenler birbirlerine fısıldadı. Hadz odanın bir tarafına, Reiki de diğer tarafına uçarken aynı fikirde değillermiş gibi görünüyordu.

"K, ben uyumaya gidiyorum. Çözdüğün zaman sabah bana söylersin."

Başını salladı ve sonra uyandı. Sandalyesindeydi ve gökyüzünde süzülüyordu. Emniyet kemerini bağladı. "Bu da ne?"

"Senin için alanı daraltamayacağımıza karar verdik. Ya da bilmeniz gerekenleri söyleyemedik. Bilinçli bir karar vermek için... Bunun yerine SİZE GÖSTERMEYE karar verdik. O yüzden bizi takip edin."

Bulutlar hızla geçip giderken ve temiz ama serin gece havası ciğerlerini doldururken, E-Z kendini uzun zamandır hissetmediği kadar canlı hissetti. Bazı açılardan, başı dertte olan insanlara yardım etmek ve onları kurtarmak için denemelere çağrılmayı özlemişti.

Eriel'le çalışmayı bıraktığından beri kendini pek de süper kahraman gibi hissetmiyordu. Doğru, ağaçta mahsur kalmış bir kediyi kurtarmıştı. Ve bir beyzbol topunun değerli bir vitray kilise penceresini kırmasını engellemişti.

Ama günlük hayatının çoğu geleceği düşünmekle geçiyordu. Liseyi burs kazanabilecek en iyi pozisyonda bitirmeyi planlıyordu. Alabileceği en iyi kolej ya da üniversiteye.

Sam Amca ve Samantha yeni bebek için plan yapıyorlardı. Bebeğin kız mı erkek mi olduğunu bir sır olarak saklıyorlardı ve bebeğin yeni odasına kimsenin girmesine izin verilmiyordu. E-Z on beş yaşında olmanın ve yakında amca olacak olmanın tuhaf olduğunu düşünüyordu ama bunu dört gözle bekliyordu.

Ve Lia, yedi yaşından on iki yaşına nispeten kısa bir süre içinde iki sıçrayışta geçmesine rağmen okulda iyi gidiyordu, uyum sağlıyordu. Onu yaşlandıran her neyse durmuş gibiydi ve şimdi PJ'e aşık olmuş gibi görünüyordu. Kesinlikle büyüyordu ve ne kadar otoriterleştiğini düşünerek gülümsedi. Bu ona Tekboynuzlu Küçük Dorrit'i hatırlattı. Duruşmalardan beri onu görmemişlerdi. Belki de hepsi birbirine bağlandığında baş melekler onu Lia'ya yardım etmesi için göndermişlerdi. Bir de kuzeni Charles Dickens'ın gelişi vardı. PJ ve Arden komaya girmişlerdi ve kimse onları komadan nasıl çıkaracağını bilmiyordu. Alfred kendini evin etrafında meşgul tutuyordu. O geldiğinden beri Sam Amca'nın çimleri sık sık kesmesine gerek kalmamıştı.

Benzerlikler bulduğu iki davayı tekrar hatırladı. Birinde çoklu oyun karakteri gibi giyinmiş bir kız vardı. Diğeri ise ailesinin hayatını kurtarmak için E-Z'yi öldürmesi söylenen çocukla ilgiliydi. Birbirleriyle bağlantılıydılar. Eriel haklıydı. Sadece bunun tam olarak ne anlama geldiğini bulması gerekiyordu.

"Neredeyse vardık mı?" diye sordu, havanın ne kadar soğuduğunu fark ederek. Hızla ilerliyorlardı, Mojave Çölü'ndeki Ölüm Vadisi Ulusal Parkı'na yaklaşıyorlardı.

Aralık ayıydı, geceleri çöl için yılın en soğuk aylarından biriydi ve kapüşonunu getirmiş olmayı diledi. Hava o kadar karanlıktı ki yıldızlar milyonlarca kez daha parlak görünüyordu. Gökyüzünde aralarında bir parmak boşluk olan gözler gibiydiler ya da öyle görünüyorlardı.

Eğitimdeki melekler cevap vermedi. Birkaç metre alçaldılar, sonra tam hızla uçmaya devam ettiler.

"Harika!" dedi. "Ne zaman ineceğimizi bana haber ver. Keşke gördüğüm şeyin ne olduğunu bana söyleyecek bir seyahat acentem olsaydı."

"Telefonunu kullan," diye fısıldadı Lia ve Alfred. Sonra sustular.

Kuzey Amerika'nın en alçak noktası olan Badwater Havzası'nın üzerinden uçtular. Su kötü olduğu için böyle adlandırılmıştı - bu nedenle aşırı tuzlar nedeniyle içilemez. Ancak bölgede turşu otu, böcekler ve salyangozlar gibi bazı yaban hayatı ve bitki yaşamı gelişebiliyor.

Ölüm Vadisi'nin derinliklerine doğru ilerlerken E-Z araziyi inceliyor ve ne kadar susadığını düşünmemeye çalışıyordu.

"Daha varmadık mı?" diye tekrar sordu, siyah bir kuş yoluna devam etmeden önce başının üzerinden uçup bir sürü dışkı bırakırken. "Ölüm Vadisi'ne hoş geldiniz," dedi ve kolunun tersiyle sildi. Hadz ve Reiki'ye yetişmek için acele etti.

BÖLÜM 24

ÖLÜM VADISI, ABD

"**A**celeedin!" Hadz ve Reiki söyledi. "Rhyolite'e varmak üzereyiz."

İlerleyerek onlara yetişti. "Rhyolite'de tam olarak ne var?"

"Biraz arka plan," dedi Hadz. "Tabii daha önce duymadıysanız?"

E-Z başını iki yana salladı. Okulda Büyük Kanyon hakkında bir şeyler öğrenmişti, daha çok da nasıl oluştuğu hakkında.

Hadz devam etti, "Rhyolite bir zamanlar 1904'teki Altına Hücum sırasında gelişen bir kasabaydı. Ancak uzun sürmedi, 1924'te son sakini öldü ve hayalet bir kasabaya dönüştü."

"Rhyolite kelimesi ne anlama geliyor?"

Reiki yanıtladı, "Asidik volkanik bir kaya - granitin lav formu. Ferdinand von Richthofen adında bir jeolog tarafından 1860 yılında adlandırılmıştır. Kökeni Yunanca, lav akıntısı anlamına gelen rhyax kelimesinden geliyor."

"Yani, kasabada büyük bir altına hücum vardı ve adını volkanik bir kayadan mı aldılar?" Tereddüt etti. "Sanırım derste volkanik hareketle ilgili bir şey hatırlıyorum."

"Bu doğru," dedi Hadz. "İki milyon yıl öncesine kadar uzanıyor."

"Bu ders çok ilginç ama neden Rhyolite'e gittiğimizi hâlâ anlamış değilim."

Reiki ağzından kaçırdı, "Çünkü orası döneklerin karargâhı."

"Ruh Yakalayıcıların kontrolü için mücadele edenlerin."

"Onlar tam olarak kim ve onları nasıl durdurabiliriz? Biz derken bizi kastediyorum, Üçümüzü. Çünkü Eriel ve Raphael Rosalie'yi ellerinde tutuyorlar ve bu arada zaman daralıyor. Onlara geri dönmemiz için bize sadece yirmi dört saat verdiler."

Hadz, "Şşşt," dedi. "Olağanüstü duyma yetileri var ve rüzgâr sesimizi fısıltı halinde onlara taşıyabilir. Bu noktadan sonra sadece zihinlerimizle konuşacağız."

E-Z zihnini kullanarak sordu: "Burada olduğumuzu bilirlerse ne olur? Yani, bizi göremeyecekler mi?"

"Hadz ve ben insan değiliz, bu yüzden onların radarından uzağız. Ancak siz değilsiniz, bu yüzden sizi koruduk."

"Harika! Etrafımda görünmez bir koruyucu kalkan var - bunu bilmek benim için kullanışlı bir bilgi."

Uzakta Kara Dağları görebiliyordu. "Bahse girerim güneş o dağları ısıttığında üzerinde yumurta bile kızartabilirsin." Tereddüt etti, "Peki ya üzerime pisleyen o kuş? Kötüler onu bizi araması için göndermiş olabilir mi?"

Hadz ve Reiki başlarını salladı. "Kuşu gördük. O bir kuzgundu - göklerden gelen mesajların taşıyıcısı olarak bilinir."

"Tamam, yeterince adil. Kuzguna benzediğini düşünmemiştim. Bana ruh yakalayıcıları kaçıran şeyin ne olduğunu ve onları yenmek için ne yapmamız gerektiğini söyle." "Ve bunun Charles Dickens'ın genç bir çocuk olarak reenkarnasyonuyla ne ilgisi var?" Yine duraksadı. "Ayrıca, Lia nakledilecek mi? Size yardım etmeyi kabul edersek/ettiğimizde tek boynuzlu at Küçük Dorrit geri dönecek mi?" Çok fazla konuşmuştu.

Susamıştı ve keşke bir şişe su getirseydim diye düşündü.

POP.

Bir tane çıktı. Kimseye "Teşekkürler" dedikten sonra geri içti.

Reiki, "Erinyes'i hiç duydun mu?" diye sordu.

E-Z başını salladı.

"Öfkeliler olarak da bilinirler," dedi Hadz.

"İkisinin de ne olduğu hakkında hiçbir fikrim yok... ama bir oyundan belli belirsiz bir şey hatırlıyorum belki?"

"Onlar topluca İntikam Tanrıçaları olarak bilinirler."

"Bana daha fazlasını anlat. Kimden intikam alıyorlar?"

"Neden, tüm insan ırkından!" Hadz ofladı pufladı.

"Arkadaşlarım ve ben daha önce bunun hakkında konuştuk. İnsanların çoğu Ruh Yakalayıcıları bilmiyor. Çoğu insan ruhlarımız olduğuna inanır. Hayatlarımızda yaptığımız seçimlere bağlı olarak cennete ya da cehenneme giden ruhlar."

Hadz, "Evet, bunun farkındayız," dedi.

"O zaman söyle bana," diye sordu E-Z. "Tanrı tüm bunların neresinde? Tanrı ya da İsa, Allah, Buda... onu her ne olarak biliyorsanız. Nerede o?"

Hadz ve Reiki cevap vermeden önlerine baktılar.

"Tamam, bu soruya cevap veremeyeceğinizi anladım. Onun yerine buna cevap verin. Tanrıçalar neden insanları farkında bile olmadıkları bir şeyle cezalandırıyor? Kötü olduklarını anlıyorum ama yine de kulağa saçma geliyor."

"Çocuklar," dedi Hadz.

"Cezalandırılmayanı cezalandırırlar. Ama..."

"Ah, ben de bir ama bekliyordum... Devam et."

"Öfkeliler güçlerini kötüye kullanıyorlar. Sınırları zorluyorlar. Masumları hedef alıyorlar. Oyun oynayan masum çocukları."

"Bekle, oyun oynayan çocukların oyun içinde yaptıkları şeyler yüzünden cezalandırıldığını mı söylüyorsun? Ama oyun gerçek değil ki! Gerçek olmayan bir şey için gerçek hayatta nasıl cezalandırılabilirler?"

"Bunu ben de biliyorum, sen de biliyorsun ama Öfkeliler için hepsi aynı. Eğer bir oyunda birini öldürecekseniz, bir katille aynı düşünce sürecinden geçersiniz. Bu, öldürme niyetiyle plan yapmayı ve sonra da bunu gerçekleştirmeyi içerir. Bazı durumlarda, toplu cinayetler söz konusudur. Ve evet, masumlar ve oyunda ilerlemek için onlardan bu şeyleri yapmaları isteniyor. Öfkeliler için çocuklar cezasız kalanlardır ve oyunun içindeyken adil bir oyundurlar."

"Dur bir dakika!" E-Z haykırdı. "Burada tam olarak ne demek istiyorsun? Sanırım Ruh Yakalayıcıların oyuna nasıl dahil olduğunu anlıyorum ama bu fikir o kadar şeytani ki... Bırakın söylemeyi, düşünmek bile istemiyorum."

"Öfkeliler oyun oynayanlardan intikam alıyor. Kalplerinde günah işlemiş olanlardan," dedi Reiki. "Onlar ölmek için yaratılmamışlar! Ruh Yakalayıcıları onların ruhlarını kabul etmeye hazır değil ve bu yüzden..."

"Gidecek hiçbir yerleri yok," dedi Hadz.

"Ve Öfkeliler kendi Ruhlar kabilelerini yaratarak onları burada topluyorlar. Çocukların ruhlarını çalıntı Ruh Yakalayıcılarda saklıyorlar."

"Bu kaos yaratıyor," dedi Hadz.

"Bu yüzden siz çocuklar yardım etmelisiniz."

"Durun bir dakika!" E-Z dedi. "Durun bir dakika!"

BÖLÜM 25

DÖRT GÖZ

"O h, oh," diye bağırdı Hadz, kara bir bulut gökyüzünde hızla ilerleyip onlara doğru yönelirken.

"Koruyucu kalkanı aşmış olamazlar!" Reiki haykırdı.

E-Z omzunun üzerinden baktı. Gördüğü şey bulut olmayan siyah bir şeydi. Yılan gibi bir şeydi. Çatallı bir dili havayı yalıyordu. İki göz yerine çok sayıda gözü vardı. Sayılamayacak kadar çok. Her birinden kan damlıyordu. Kan ve dumanı tüten sarı irin.

O şeyin dili sağdan sola doğru kayıyordu. Çenesi açılıp kapanırken, kırbaç gibi bir ses çıkarıyordu. Ve boğazından, çığlık ile vızıltı arasında gidip gelen boğumlu bir ses geliyordu.

Arkasındaki rüzgârla birlikte havayı çok kötü bir koku doldurdu ve kısa sürede E-Z, Hadz ve Reiki'nin burun deliklerine ulaştı.

Koku çok iğrençti. Sülfürden bile beterdi. Ya da çürük yumurtadan. Septik sıvı ve çürüyen cesetlerin toplamından daha iğrençti.

Üçlü daha yükseğe çıktı, böylece daha önce fark etmedikleri bir tepenin ardını görebildiler. Arkasında gümüş kaplar vardı. Ruh Yakalayıcılar. Göz alabildiğine uzanıyordu.

"Ne kadar çok! Bunların hepsi çocuklarla mı dolu? Olamaz!" E-Z hâlâ burnunu tıkadığı için genizden gelen bir ses tonuyla konuştu. Yine de pis kokuyu hâlâ alabiliyordu.

PTOOEY.

Yapış yapış sarı bir irin spreyinden kaçtılar.

"Bu da ne böyle?" E-Z haykırdı.

Aşağıda dev bir göz küresi görülüyordu. Kapatılmıştı. Gizlenmişti.

PTOOEY. PTOOEY. PTOOEY.

"Olamaz!" E-Z haykırdı. "Göz sümüğü!"

Sıcak, yapışkan sıvısını onlara doğru fırlattı.

"Dayanın!" Hadz ve Reiki bağırdı.

Her biri E-Z'nin kulaklarından birini tuttu.

"Ahhhhh!" diye bağırdı.

PTOOEY.

E-Z sümükten kaçtı ama neredeyse tekerlekli sandalyesine çarpıyordu.

FIZZLE.

POP.

POP.

E-Z tekrar yatağındaydı. Alnından boncuk boncuk ter damlıyordu.

Bu sırada Alfred yatağın ucunda horlamaya devam ediyordu.

"Bu rahatlık için biraz fazla yakındı!" E-Z dedi ki. "Koruyucu kalkanı aştılar mı? Bizi gördüler mi? Kim olduğumu, nerede yaşadığımı biliyorlar mı?"

"Hayır, onlar geçemeden biz oradan çıktık," dedi Reiki.

"Belki bu aptalca bir soru, ama neden en başta bizi oraya sokup çıkarmadınız. Oraya kadar uçmak için zaman harcamak ve hayatlarımızı tehlikeye atmak yerine?"

"Sana göstermek zorundaydık."

"Savaştan önce... Siz buna ne diyorsunuz..."

"Keşif mi demek istiyorsun?" E-Z sordu.

"Evet, doğru. Size göstermek zorundaydık. Kendi gözlerinizle görmeniz gerekiyordu. Her şeyi. Neyle karşı karşıya olduğunuzu," dedi Hadz.

"Öğreneceğin şeylerin bu riske değeceğini düşündük."

"Sanırım bunu zaman gösterecek," dedi E-Z.

"Çok ileri gittiysek özür dileriz," dedi Hadz.

"Gerçekten de senin iyiliğini düşündük."

"Öyle olduğunu biliyorum. Ruh Yakalayıcıları gördüğüme de sevindim. Bu kadar çok olmaları beni gerçekten şok etti."

"Evet, bizi de şok etti. Baş melekleri de şoke ettiğinden emin olabilirsin. İlk gördüklerinde."

"Bunu söylememeliydin" dedi Reiki.

POP.

Hadz ortadan kayboldu.

"Oh, şimdi, sorun yok," dedi E-Z.

"Boş ver."

"Hâlâ Öfkeliler'in bundan ne elde etmeye çalıştıklarını anlayamıyorum. Son oyunları ne? Bunu henüz çözebilen var mı?"

"Her geçen gün daha fazlasını ekliyorlar. Daha fazla çocuk oyun oynuyor, ağlarına düşüyor."

"Ama neden kamuoyu tepkisi yok? Dünya liderlerine, başkanlara, başbakanlara söylememiz gerekmiyor mu? Onların yapabileceği bir şey yok mu?"

"Bir düşünün, yapacakları ilk şey ne olurdu? Orduyu gönderirlerdi. Daha fazla insan ölür. Zamanından önce daha fazla Ruh Yakalayıcı gerekir.

"Gözlemlediğimiz kadarıyla oyun dünya çapında bir fenomen. Şeytani rahibeler masum çocukların ruhlarını ele geçiriyor."

"Ama liderlerin çoğunun kendi çocukları var," dedi E-Z. "Elbette, bilselerdi kendi çocuklarını korumak isterlerdi ve diğer çocukları da korumak isterlerdi."

"Daha çok Öfkeliler onların çocuklarına odaklanırdı. Bu önlerinde bir sopa sallamak gibi bir şey olurdu," dedi Reiki.

POP.

Hadz geri döndü.

"Büyük ve güçlü çocukları yok edebilirlerse buna bayılırlar. Şu anda yapıyor gibi göründükleri şey rastgele - oyun içinde seçilmiş" dedi Reiki.

"Bana onlar hakkında bildiklerinden daha fazlasını anlat." E-Z sordu.

Hadz fısıldadı, "İsimleri Allie, Meg ve Tisi. Allie'nin intikamı öfke içindir, Meg'inki kıskançlık içindir ve Tisi intikamcı olarak bilinir."

"Peki, neden bu kadar kötü kokuyorlar? Ve üçü nasıl yenilebilir?" E-Z saatine bakarak sordu. Rosalie'yi geri almak için çetenin geri kalanıyla konuşması gerekiyordu. Onlara bu korkunç üçlüyü ve Ruh Yakalayıcılar'daki tüm çocukları nasıl anlatacaktı?

"Efsaneye göre geçmişte işlerini yaptıkları için cezalandırılmışlar. Şimdi yeni bir insan icadı olan Sanal Gerçeklik ile bu boşluğu buldular." Hadz duraksadı. "İnsanlar neden hayatlarını şu anda yaşamak istemezler? Neden kaçmak ve hayatlarını tehlikeye atan aptalca oyunlar oynamak zorundalar?" Melek özentisinin yüzü kıpkırmızıydı ve son derece kızgındı."

Reiki, "Ne yaptıklarını bilmiyorlar," diyerek arkadaşını teselli etmeye çalıştı.

"Cehalet mazeret değildir," dedi E-Z. "Onları sanal gerçeklik icat edilmeden önce bulundukları yere geri göndermeliyiz. Ve sahte bahanelerle aldıkları çocukların ruhlarını geri vermelerini sağlamalıyız. Tek sorun şu ki, onları yanlış yaptıklarına nasıl ikna edeceğiz? Hayatları çaldıklarına ve insanları eylemleri için değil düşünceleri için cezalandırdıklarına?

"Artık Öfkeliler'e bir göz attığıma göre - size her zamankinden daha fazla yardım etmemiz gerektiğini biliyorum. Ama yine de diğerlerini ikna etmem gerekiyor. Kabul etseler bile, yine de ihtimallere karşı savaşıyoruz. Olumlu olmak istiyorum. Göreve hazır olduğumuzu söylemek. Ama savaşma zamanı gelene kadar bundan emin olamayız."

Yastığını yumrukladı ve kucağında tuttu. "Bir dakika, öldüler mi? Yani, The Furies kendi Ruh Yakalayıcılarından kaçtı mı? Ve eğer kaçtılarsa, nasıl? Çıkmalarına kim yardım etti?"

Hadz Reiki'ye baktı ve Reiki de Hadz'e baktı.

POP.

POP.

Gitmişlerdi.

"Harika!" E-Z dedi. "Tek kelimeyle harika!"

BÖLÜM 26

DENGE

Uyumaya çalışsadaE-Z uyuyamadı. Düşünmeye devam ediyor, kendine sorular soruyordu. Cevaplayamadığı sorular.

Böylece yataktan kalktı ve bilgisayarına girip biraz araştırma yaptı.

Çok geçmeden altını buldu. "Öfkeliler ve Üç Güzeller" bağlantısını bulduğunda. Birbirlerinin yin ve yang'ı gibi görünüyorlardı. Biri iyi, diğeri kötü. Bu bilgiyi kendi yararlarına kullanabileceklerini düşündü. Kötü tanrıçalar dünyaya getirilebiliyorsa, iyi tanrıçalar da geri çağrılabilir miydi?

İlk olarak, baş meleklerin onları geri getirmesini önermeden önce - bunu yapabilmeleri şartıyla. Graces'in masaya ne getireceğini tam olarak bilmek istiyordu.

Evet, onlar tanrıçaydı. Gökyüzü tanrısı Zeus'un kızları. Güçleri cazibe, güzellik ve yaratıcılığa yönelikti. Okumaya devam etti ama Öfkeliler'e karşı ne kadar yardımcı olabileceklerini göremedi.

Yine de biraz vakti vardı ve okumaya devam etti. Nietzsche'ye atfedilen bir metni okudu. Onun iyilik ve kötülük hakkındaki teorileri forumlarda hâlâ tartışılıyordu.

Sonra aklına bir anı geldi. Bu daha az oluyordu, ailesiyle ilgili anılar aklına geliyordu. Bunların hiç bitmeyeceğini umuyordu.

Bu seferki babasıyla yaptığı bir konuşmaydı. Newton'un Üçüncü Yasası hakkında. Bir tekneyle açılmışlar ve balık tutuyorlardı.

"Bir balık suda kendini nasıl iter," diye açıklamıştı babası.

O zamandan beri okulda bu konuda daha çok şey öğrenmişti. Newton ve Nietzsche'nin oldukça ilginç konuşmalar yapabileceğini düşündü. Ama yaşamları arasında binlerce yıl vardı.

Sonra aklına geldi. O, Lia ve Alfred, Fury'lerin tam zıttıydı.

Başmelekler bunu zaten biliyor muydu? Bu yüzden mi sadece onun ve ekibinin Öfkeliler'i yenebileceği konusunda bu kadar ısrarcı görünüyorlardı?

Yine de aklını kurcalayan soru hâlâ şuydu: Kazanabilirler miydi?

Öfkeliler'i durdurmak mümkün müydü?

Bunu diğerleriyle konuşması gerekiyordu.

Bilgisayarını kapattı ve diğerleri uyanmadan önce biraz kestirmek için geri döndü.

Herkes ondan tüm cevaplara sahip olmasını bekliyordu. Onda yoktu ama elinden geleni yapıyordu. Lider olduğundan beri hayat böyleydi.

BÖLÜM 27

KIRMIZI ODA

E-Z kırmızı bir odadaydı. Kan kokan bir oda. Güçlü demir kokusu burnunu acıttı ve eliyle burnunu kapattıktan sonra birkaç adım ilerledi. Ayak sesleri kanlı zeminde izler bıraktı. Neredeydi bu adam? Cehennemde mi? En azından burada koşma yeteneği vardı ama nereye? Hiç kapı yoktu. Pencere yoktu. Herhangi bir ışık yoktu ama yine de her şeyin kırmızı olduğunu görebiliyordu. Ve ıslak.

Telefonunu çıkardı ve el feneri uygulamasına tıkladı. El fenerinin ışığını kullanarak etrafındaki duvarları takip etti. Hepsi aynıydı. Kanlı ve damlıyordu. Ve pis kokuyordu. Beklemeye başladı. Yardım çağırmak pek akıllıca bir şey gibi görünmüyordu. Onu buraya getiren her neyse onunla buluşmaya gelmese daha iyi olabilirdi. Onlarla karşılaşmamayı tercih ederdi. El fenerinin ışığı söndü ve telefonu kapandı. Hareket etmekten korkarak olduğu yerde durdu ve dinledi.

Sürünen bir şey. Yerde sürünüyordu. Biri duvardan sağa, diğeri sola doğru iniyordu. Üç tane. Yılanlar.

Sonra odadaki hava değişti ve tanıdık bir koku. Çürüyen. Yumurtamsı. Kükürtlü. Çürüyen leş kokusu.

Burnunu kapattı. Daha önce olduğu gibi, bu da iğrenç kokuyu gizleyemedi.

Bekledi.

Demek onu yalnız istiyorlardı. Onu yakalamışlardı. Yaptığı son şey bu olsa bile pişman olmalarını sağlayacaktı.

"Seni kahvaltıda yiyebiliriz," diye bağırdı Tisi.

"Ya da öğle yemeği," dedi Alli. "Ne de olsa biraz acıktım."

"Ya da ikindi çayı, ondan fazla yok. Üçümüzün paylaşabileceği kadar değil," dedi Meg.

E-Z varlığının her zerresini kanatlarına yoğunlaştırmıştı. Kaçmak için tek umudu onlardı ve hiçbir işe yaramıyorlardı.

"Bak!" Meg çığlık attı. "O minicik kanatlarını kullanmaya çalışıyor."

Tisi ve Alli kendilerini kaldırdılar. Meg de onlara katıldı ve onun ulaşamayacağı bir yerde havada asılı kaldılar.

Ayaklarının altında zemin titredi ve gümbürdedi. Sanki açılıp onu yutacakmış gibi. Kendini duvara yaslamak için geri geri gitti. Ama duvara dokunduğunda gömleğinin ıslandığını hissetti. Ve elini üzerine koyduğunda, kanla kaplı olarak geri geldi.

"Siz üç kaltaktan korkmuyorum!" diye bağırdı.

"Belki de bizden korkmuyorsun - henüz -" Meg çığlık attı.

"Ama çok yakında olacaksın," diye tısladı Tisi.

"Şimdilik bu üçüyle başa çıkabilirsin," diye fısıldadı Meg, iğrenç nefesi neredeyse onu kusturacaktı.

Üç yılan yüksekliğin avantajını kullanarak ona doğru fırladı. Çatallı dilleri tıslıyor ve tükürüyordu. Sonra birbirlerinin etrafına dolanmaya başladılar. Birleştiler, sarmaş dolaş oldular. Ta ki üç başlı ve üç kırbaçlı devasa bir yılana dönüşene kadar. Kamçılar E-Z'yi yerinde tutmak için ona doğru şaklıyordu.

Kendini daha da geriye itti. Arkasından gelen kan sesini duymak onu bir şekilde rahatlattı. Sırtı kan damlayan duvarın köşesine gömülürken vücudu gevşedi.

"Ona bak," dedi Tisi. "O sadece bir çocuk ve kimseye zarar vermedi. Aslında o kadar iyi bir çocuk ki, onu yok etmek zorunda olmamız çok yazık."

"Evet, onun kalbi temiz," dedi Meg. "Ama kalbinde siyah bir nokta var. Ailesinin ölümünden sorumlu olanlardan almak istediği bir intikam lekesi."

"Ailem hakkında konuşma!" E-Z kendini kanlı duvarın içine daha da iterek bağırdı. Korkuyordu. Söylediklerinin doğru olmasından korkuyordu. Gözlerini kapattı. Onları göremezse, belki o zaman giderlerdi. Sonra arkasındaki bir şey yol verdi. Ve serbest düşüşe geçti, geriye doğru. Yuvarlanıyordu. Düşüyor.

DÜDÜK

Tekerlekli sandalyesine indi ve uçup gittiler.

Kırmızı Oda'ya döndüklerinde Öfkeliler çok öfkeliydi!

"Peşinden gidin!" Tisi bağırdı.

"Yakalayın onu!" Meg bağırdı.

"Artık çok geç!" Alli söyledi. "Sanki ortadan kayboldu!"

"Hadi Ölüm Vadisi'ne geri dönelim," dedi Meg. Kırmızı Oda'yı boş bırakarak ayrıldılar. Ama pis kokuları hâlâ devam ediyordu.

GÜM.

"Kanaman var," dedi Sam. "Onu banyoya götürelim. Ne kadar kötü yaralandığını görebiliriz." Sam tekerlekli sandalyeyi kapıya doğru itti.

"Hayır, dur!" E-Z dedi. "Ben iyiyim. Kan benim değil. Ama temizlenmem gerek. Pis kokudan arınmak için. Sonra ne olduğunu açıklayacağım. Söz veriyorum."

"İyi olduğundan emin olduğun sürece," dedi Sam.

O gittikten sonra Sam, Lia ve Alfred birbirlerine söyleyecek bir şey bulamadılar. Sessizlik içinde onun dönmesini beklediler.

E-Z banyoda tekerlekli sandalyesini rampaya yerleştirdi. Evi yeniden inşa ettiklerinde Sam Amca onun için yeni bir duş icat etti. Bu ona daha fazla bağımsızlık sağlıyordu. Ve eğlenceliydi! Araba yıkamaya benziyordu.

Yukarı uzandı, kollarını ve boynunu kayışlardan geçirdi. Bir düğmeye bastı, böylece kendisi ileri doğru hareket edecek ve sandalyesi de onu takip edecekti. Su hemen akmaya başladı. Vücudunu ve giysilerini aynı anda temizliyordu. Arada bir duş jeli ya da şampuan fışkırıyor, ardından da bunları yıkamak için su geliyordu.

Artık temiz olduğuna göre ilerlemeye devam etti ve kurutma mekanizmasını çalıştırdı. Kendisini ve giysilerini kuruttu ve dakikalar içinde kırışıksız hale getirdi.

Sonuna ulaştığında kayışlardan kurtuldu ve sandalyesine çöktü. Aynada kendini kontrol etti. Saçları şimdiden o kadar iyi görünüyordu ki taramasına bile gerek kalmamıştı. Odasına geri döndü. Arkadaşlarını gördüğünde midesi bulandı ve kustu.

"Özür dilerim," dedi. "Çok üzgünüm."

Lia ve Alfred kollarını ona doladılar. Kusmuk için endişelenmediler. Sadık arkadaşlar böyle şeyler için endişelenmezler.

Sam yeğenini temizlemek için bir kâse ve biraz su getirmeye gitti.

E-Z yardım için minnettardı ve bu ona ne söyleyeceğini ve nasıl söyleyeceğini düşünmesi için zaman kazandırdı.

"Teşekkürler Sam Amca. Sana söylemem gereken şey. Hoş bir şey değil."

"Devam et," dedi Alfred.

"Senin için buradayız," dedi Lia.

"Otur Sam Amca."

Tek kelime etmeden her şeyi sıraladılar.

"Ben varım," dedi Alfred.

"Ben de," dedi Lia.

"Ben üç," dedi Sam.

"Anlaştık," dedi E-Z. Ve bir saniye sonra beyaz odaya geri dönüyordu. Ya da oraya gittiğini umuyordu.

Herhangi bir yer kırmızı odadan daha iyiydi. Herhangi bir yer.

BÖLÜM 28
BEYAZ ODA

Ayakları yere değdiğinde beyaz oda bir şekilde farklı görünüyordu.

E-Z beyaz odanın rahatlığına geri döndüğü için kendini çok mutlu hissetti. Etrafta dolaşabildiği yerde. Kitaplara dokunabildiği. Kitapları koklayabiliyordu. Ama bir şeyler garip geliyordu. Tuhaf.

Kendini dengeledi. Ellerinin titrediğini fark etti. Dizleri titriyordu. Şimdi de dişleri takırdıyordu.

Ceketini getirmiş olmayı dileyerek kollarını kendine doladı. Bekledi, bir tane gelmesini bekliyordu. Ama gelmedi.

"Burası neresi?" diye sordu.

Cevap gelmedi.

"Cheeseburger, yanında patates kızartması," dedi.

Cevap yok.

"Chop suey, yumurtalı ekmek," dedi, daha otoriter bir şekilde.

"Nerede olduğumu bilmek istiyorum!" diye bağırdı.

Hiçbir şey yok.

Nadda.

"Rosalie?" diye seslendi. "Orada mısın? Eriel? Raphael? Kimse yok mu? Hadz? Reiki?"

Yine bir şey yok.

Onu rahatlatacak kibar bir PFFT bile yoktu.

Kitapların tanıdıklığı onu bu yerde tutan tek dayanak noktasıydı. Merdivene doğru ilerledi ve onu D'lerin altına taşıdı. Charles Dickens'ı bulmayı umarak tırmanmaya başladı. Bunun yerine, dokunduğu her kitabın oyun dünyasıyla ilgili olduğunu gördü.

Bu da ne?

Ve kitapların hiçbirinin kanadı yoktu. Hepsi yepyeniydi. Sanki daha önce kimse açmamış gibi.

Bir ses şöyle dediğinde neredeyse merdivenden düşecekti,

"E-Z Dickens - bu bildiğiniz beyaz oda değil. Bu bir kopya. Buraya araştırma yapmak için gönderildiniz. İhtiyacınız olan her kitap parmaklarınızın ucunda. Her kitap eksiksiz okunmalı ve incelenmelidir."

"Bu kitapların hepsini çabucak okuyamam; tüm bu kitapları gözden geçirmem yıllarımı alır!"

"İşte bu yüzden, size ek bir güç verilecek. Sadece bu odanın duvarları içinde gerçekleşecek bir güç. Şimdi oku. Hızlı. Öfkeli. Hepsini ezberleyin."

Bu ses bittiğinde başka bir ses başladı,

"On, dokuz, sekiz, yedi, altı, beş, dört, üç, iki, bir. Şimdi, E-Z Dickens oku. Devam et."

E-Z her bir kitabı hızla bitirdi.

Birini bitirdiğinde, hemen bir başkası eline düşüyordu. Sonra bir tane daha ve bir tane daha.

Daha fazla okuyamayacak hale gelene kadar hepsini okudu.

Kafasının patlamayacağını umuyordu!

Sonra duvara yaslandı, bir köşeye çekildi ve zihninde bir plan şekillenirken ağladı.

PJ ve Arden'ı düşündüğünde aklına bir fikir geldi. Öfkeliler neden onları Ruh Yakalayıcılar yerine komaya sokmuştu? Oyunun içindeydiler - her zaman oyun oynuyorlardı, neden onları öldürmesinlerdi?

Plan şu şekilde ilerliyordu: O ve ekibi kendi çok oyunculu oyunlarını icat edeceklerdi. Sam sektörde yardımcı olabilecek insanlar tanıyordu. Öfkeliler ruhlarını almak için üzerlerine çullandıklarında onları alaşağı edeceklerdi.

Arden ve PJ'in de onunla birlikte oynamasını diledi - çünkü onun arkasını kollayacaklardı. Sorun değildi, onların arkasını kolluyordu. Onları kurtaracak ve özgür bırakacaktı.

Her şeyi düşünerek bir ileri bir geri volta attı. Bir yönü işe yaramayacaktı. Eğer onunla bir oyuna girişir ve öldürmeyi reddederse, peşine düşerlerdi. Ve bu diğerlerini de tehlikeye atabilirdi.

Dünyadaki tüm oyunculara oyunu bırakmalarını söyleyemezdi. Onlara gerçeği, ruhlarını çalmaya çalışan üç tanrıçayı anlatırsa, onu hapse atarlardı.

Yine de tek fikir buydu. The Furies'i kendi oyunlarında yenmek için görebildiği tek açık yoldu.

Daha iyi bir şey düşünebileceğine inanarak, "Beni oradan çıkarın," dedi.

Ve böylece Rosalie ve Raphael'le birlikte gerçek beyaz odada yalnız kaldı. Eriel'in nerede olduğunu merak etti, onu özlediğinden değil.

"Tamam, bir fikrim var. Bir çeşit plan," dedi. "Ama işe yarayacağından emin değilim. İki sorunun cevabına ihtiyacım var. Ve üçüncü bir isteğim var - bu istek pazarlığa açık değil."

"Sor bakalım," dedi Raphael.

"Birincisi, Öfkeliler'le yüzleşirsek en iyi arkadaşlarım PJ ve Arden'ı kurtarabilecek miyim?"

Raphael konuşmadan önce duraksadı. "Eğer başarırsan, arkadaşlarının kurtulmaması için hiçbir sebep yok."

"Yemin eder misin?" dedi.

O da öyle yaptı.

"Tahmin ettiğim gibi, onların durumu Fury'lere bağlı. Bu doğru mu?"

"Evet, bunun doğru olduğuna inanıyoruz. Arkadaşlarınız bir bakıma şanslı çünkü ruhları bozulmamış. Anlayamadığımız şey ise bunun nedeni, yani eğer Öfkeliler tarafından hedef alınmışlarsa. Bildiğimiz diğer tüm vakalarda, çocukların ruhlarını aldılar. Arkadaşlarınız gibi koma halinde hayatta kalan başka kimse bilmiyoruz."

"Bu konuda benim de bir fikrim var ama bilmem gereken şey şu: Öfkeliler yenilirse PJ ve Arden'e ne olacak? Ruhları zaten ruh yakalayıcılarda olan tüm çocuklara ne olacak? Ölmemeleri gerekiyordu. Peki ya evsiz ruhlara ne olacak?"

"Şu anda Öfkeliler internetin gücünü kullanıyorlar. Bu onlara gezegendeki her insanın kalbine ve evine erişim sağlıyor. Sanki hepiniz kapılarınızı ve pencerelerinizi açık bırakmışsınız gibi - yani herkes içeri girebilir. Öfkeliler'den sadece üç tane olduğu doğru ama güçleri çok büyük. Onlar efsanevi yaratıklar, kökenleri Zeus'a kadar uzanan tanrıçalar. Zeus'u duydun, değil mi?"

"Onun gökyüzü tanrısı ve Üç Güzeller'in babası olduğunu okumuştum. Eğer onları geri getirirsen bize yardım edebilirler mi?"

"Zeus bu işin içinde değil. Kızları da öyle. Biz başmelekler zamanla oynamayız. Ve biz her zaman Ruh Yakalayıcıların kutsal olduğuna inandık. Dokunulmaz. Şimdiye kadar."

"Harika, yani arkadaşlarımın Öfkeliler tarafından hedef alındığını düşünüyorsunuz ama bundan emin değilsiniz. En az benim kadar, değil mi?"

"Doğru. Çünkü yüzde yüz evet ya da hayır diyemem. Eğer arkadaşlarınız oyun oynuyorsa. Yani oyun içinde öldürüyor olsalardı... O zaman Öfkeliler'in kriterlerine uyuyor olurlardı.

"Ama ölmelerini isteselerdi çoktan ölmüş olurlardı. Tabii... hayır, bu mantıklı olmaz. Bu seni ve ekibini bildikleri anlamına gelir. Bilmelerine imkân yok. Bunu gizli tuttuk. Eğer bilselerdi, o zaman koz olarak kullanmak için arkadaşlarınızı hayatta tutuyor olurlardı."

"Yani pazarlık kozu olarak mı?"

"Muhtemelen, dürüst olmak gerekirse bilmiyorum. Dediğim gibi, siz ve ekibiniz hakkındaki her şeyi gizli tuttuk. Ben ve diğer Başmelekler de dahil olmak üzere sizi korumak için her şeyi yaparız.

"Öfkelilere yüzyıllar boyunca güçler verildi. Ama hiçbir zaman masum çocukları hedef almadılar. Gündemlerini asla kendi amaçlarına uygun hale getirmediler."

"Amaçları nedir?" E-Z sordu.

"Bunu bilmiyoruz."

E-Z, "Bu yüzden onlara karşı kazanmak için en iyi şansa sahip olmamız gerekiyor," dedi.

"Kesinlikle, ama her gün daha fazla çocuğun ruhunu çalıyorlar ve bu süreci hızlandırıyorlar."

"Ne kadar hızlandırıyorlar?" E-Z sordu.

"Binlerce olduğunu düşünüyoruz ama yakında milyonları bulacak. Yakında onları durdurmak için çok geç olacak."

"Tamam, burada neyin risk altında olduğunu anlıyorum ama biz sadece çocuğuz ve körü körüne gitmek istemiyoruz. Biz de ölümlüyüz, onlar da.

Hayatlarımızı riske atmadan önce düşünmeli, tüm seçenekleri değerlendirmeliyiz."

"Anlıyoruz ve dediğim gibi arkanızı kollayacağız."

"Şimdi bir sonraki soruma gelelim, on yaşındaki Charles Dickens ile ne yapmam gerektiğini bilmek istiyorum?"

"Ah şu," dedi Raphael. "Öncelikle, onun reenkarnasyonuyla bizim hiçbir ilgimiz yok. Size söylediğimizin dışında bir teorimiz var, yani onu sizin çağırdığınıza dair. Acaba onun geri dönüşü onlar açısından bir hata mıydı? Belki de evren açıldı ve bir denge olarak size yardım etmesi için onu gönderdi. Ne de olsa kan bağınız var. Ve o bir hikaye anlatıcısı ve olay örgüsü ustası. Öfkeliler'i yenmenize yardımcı olacak, henüz bilmediğiniz araçlara ve içgörülere sahip olabilir."

E-Z kelimelerini dikkatle seçti. "Ama o bir çocuk. Henüz tek bir şey bile yazmadı. Dikkat dağıtıcı olacaktır ve farklı bir zamandan geldiği için bizi ve görevimizi tehlikeye atabilir."

"Duruma göre değişir," dedi Raphael. "Gizli bir silah olabilir. O burada, senin için. Eğer ona inanırsanız. Yazar olmak için doğduğuna. O zaman on yaşında gerekli tüm becerilere zaten sahip olacaktır. İstersen onu kendi yararına kullanabilirsin."

E-Z yumruklarını sıktı. "Kuzenimi yem olarak kullanmamız gerektiğini mi söylüyorsun?"

Raphael güldü ve gereksiz bir esintiye neden olacak şekilde çırpındı.

Rosalie, "Bu kadar çok çırpınmayı bıraksan iyi olur," dedi. "Üzerimde kazaklar var ama yine de burada ısınamıyorum. Bu arada artık eve gitmek istiyorum. E-Z ve diğerleri kabul ettiler, ben de üzerime düşeni yaptım. Şimdi, hoşça kalın, elveda. Bırakın eve gideyim."

BINGO.

Rosalie gözden kayboldu ve odasına geri döndü. Zihninde Lia'yla konuşarak ona sağ salim döndüğünü ve şimdi biraz kestireceğini söyledi.

E-Z'nin aklına pazarlık konusu olmayan başka bir şart geldi.

"Hadz ve Reiki'yi yanımda, ekibimizde istiyorum."

Raphael gülümsedi. "Hadz ve Reiki liderimiz Michael tarafından Eriel'e bağlandılar."

"O zaman onunla konuşmama izin ver. Bu ikisi bize yardım etti. Ne zaman çağırsam geliyorlar. Eğer kadim kötülüğe karşı savaşacaksak, bu ikisinin bize yardım etmesine ihtiyacımız var."

"Michael sizinle konuşamaz. Ancak isteğinizi ileteceğim. Eğer gerekli görürse bana haber verecek, ben de size haber vereceğim. Başka bir şey var mı?"

"Evet. Öfkeliler'den nasıl kurtulacağımı bilmem gerekiyor. Onları öldürmemiz mi gerekiyor? Onları geldikleri yere geri mi göndereceğiz? Bizden bu tanrıçalarla tam olarak ne yapmamızı istiyorsunuz?"

"Onları bağlayın, tutun - gerisini biz hallederiz. Eğer planınız işe yararsa, Ruh Yakalayıcıların kontrolünü ele geçirebiliriz. Her şeyi eski haline getireceğiz."

"Peki ya vaktinden önce ölenler?"

"Hepsi eşitlenecek... Düşmanlar etkisiz hale getirildikten sonra."

"Beni geri göndermeden önce," dedi E-Z, "bir şeye ihtiyacım var, bizimle tekrar karşı karşıya gelmeyeceğinize dair bir güvenceye. Bize Hadz ve Reiki vermeniz bu sigorta olacaktı, ama bana bunu veremeyeceğinize göre, o zaman başka bir şeye ihtiyacım var. Diğerlerine geri götürebileceğim ve diyebileceğim bir şey, bu onların geçmişte yaptıkları gibi bizden vazgeçmeyeceklerinin kanıtı."

"Ne gibi?"

"Gözlüklerin iş görür," dedi.

Raphael dizlerinin üzerine çöktü, kanatlarını çırpmayı bıraktı ve geri çekildi. "O değil, ondan başka bir şey," diye bağırdı. "Gözlüklerim olmadan ne sana ne de başkasına yardım edebilirim."

"Başmelekler Rosalie'yi isteği dışında burada tuttular. Bana ulaşmak için onu kullandın. Verdiğiniz sözler konusunda fikrinizi değiştirdiniz, duruşmalarımı iptal ettiniz..."

Gözlüğünün kenarlarına dokundu, sonra çıkardı. Gözlük ellerinde bir yılana dönüştü, E-Z'nin koluna sürünerek giren ve yukarı, yukarı, yukarı doğru kayan kırmızı bir yılan.

"Bu da ne!" Yılan boynuna doğru ilerlemeye devam ederken E-Z bağırdı. Çenesinin kenarından. Sıkıca kapalı dudaklarının üzerinden süzüldü. Yukarı ve burnunun üzerinden. Sonra kendini ikiye böldü ve bir ucunu kulaklarına doladı. Sonra eski haline, titreşen gözlüklerine geri döndü.

"Gözlüklerim artık senin, ne yaparsan yap - Öfkeliler'in onları senden almasına izin verme. Eğer bu olursa, hepimiz yok oluruz."

"Bekle!" dedi duvardan gelen ses. "Ya başarısız olursanız? Ne de olsa siz daha çocuksunuz."

"Başarı sözü veremem - ama elimizden geleni yapacağız. Ama yardımınıza ihtiyacımız olursa, güçlerinizi bize yardım etmek için kullanacağınızı bilmek iyi olur."

"Anlaştık," diye gürledi ses.

E-Z odasındaki tekerlekli sandalyesine geri dönmüştü ve kırmızı gözlükleri yüzünde titreşiyordu.

"Bunu yapmayı bırakmalısın," dedi yeğeninin yatağını toplamakta olan Sam Amca. "Unutmadan, Sam ve ben bugün hastanede kontrol yaparken PJ ve Arden'i ziyaret ettik. PJ'in babasıyla karşılaştık; bize son durumu anlattı. Şu anda aynı hastane odasını paylaşıyorlar ama ikisinin de durumu değişmedi."

"Teşekkürler, ben de onları arayacaktım. Pekâlâ millet, toplanın."

BÖLÜM 29

SIRADA NE VAR?

"Kalmamıister misin?" Sam durakladı. "Çünkü karım ayaklarına masaj yapmamı bekliyor. Bebek her an doğabilir, bu yüzden onu bekletmek gibi bir seçeneğim yok."

"Sen git ve onunla ilgilen," dedi E-Z. "Ayrıntıları sana sonra anlatırım."

Lia Sam'e sarıldı.

Sam kapıyı arkasından kapatırken, "Teşekkürler," dedi.

Ön kapının zili çaldı.

"Buldum!" Sam ön kapıya doğru koşarken seslendi.

"İşi başından aşkın," dedi E-Z.

"Bebek doğduğunda daha kolay olacak," dedi Lia.

"Daha kaotik olacak," dedi Alfred. "Ama şimdi bunun için endişelenmeyelim."

"Peki, son durum nedir?" Lia sordu.

"Varsa olumlu şeylerle başla. Umarım vardır," dedi Alfred.

"İyi haber şu ki, bir fikrim var. Üzücü haber ise, düşmanlarımıza karşı işe yarayıp yaramayacağı konusunda hiçbir fikrim yok. Onlar Öfkeliler olarak biliniyor. Onları hiç duydunuz mu? Adlarını mitolojiden biliyorum ve bazı oyunlarda yer alıyorlar."

Lia başını hayır anlamında salladı.

Alfred, "Adlarını duymuştum ama çok uzun zaman önceydi. Sanırım eskiden lisede onlar hakkında bir şeyler okumuştuk. Kötü olduklarını hatırlıyorum - üç kişilerdi belki? Ve onlar tanrıça değil mi? Kafamda Medusa'nın bir görüntüsü var. Akraba mıydılar?"

"Onlar daha kötü. Çok daha kötüler çünkü onlardan üç tane var," dedi E-Z. "Kustuğum zaman, bu onlarla ikinci karşılaşmamdan hemen sonraydı. İlk karşılaşmamızda Hadz ve Reiki ile bir gezideydik. Onların deyimiyle küçük bir keşif gezisiydi. Merak etmeyin, gizlenmiştik ama çok şey öğrendim. Ölüm Vadisi'nde karargah kurmuşlar.

"Şüphelendiğimiz gibi, çocukları hedef alıyorlar. Oyun dünyasında. Lia, amaçlarının ne olduğunu sormuştun... Çocukları uçurumun kenarına itmek. Bizim yaşımızdaki, hatta daha küçük çocukları.

"Onları ele geçirdiklerinde, ruhlarını çalıyorlar. Ve onları diğer insanlar için olan ruh yakalayıcılara koyuyorlar. Böylece öldüklerinde ruhlarının gidebileceği hiçbir yer olmuyor."

"Bu çok kötü!" dedi Lia.

"Peki, Ruh Yakalayıcıların gerçek sahipleri öldüğünde, ruhlarına ne olacak? Yani eğer ruhlarının gidecek bir yeri yoksa -ev yok, cennet yok- o zaman onlara ne oluyor?" Alfred sordu.

"Mesele de bu. Ebedi istirahat yerleri yok - yani öldüklerinde sadece etrafta süzülüyorlar. En azından özet versiyonu bu. Öfkeliler'i durdurmalıyız ve onları bir an önce durdurmalıyız."

"Çocukların ruhlarını nasıl alıyorlar? Anlamıyorum," diye sordu Lia.

"Ben de anlamıyorum," dedi Alfred. "Çocuklar, özellikle de oyun oynayan çocuklar bilgisayar konusunda çok bilgililer. Kendilerini nasıl tehlikeye atıyorlar? Öfkeliler nasıl oluyor da kendi evlerinde, ailelerinin burnunun dibinde onlara erişebiliyor?" Bir an düşündü, "PJ ve Arden'in komada olmasından onlar mı sorumlu?"

"Tamam, önce Lia'nın sorusu. Öfkeliler cezasız kalanları cezalandırır - tarih boyunca amaçları bu olmuştur. Ana silahları her zaman pişmanlık olmuştur. İnsanların kendilerini suçlu hissetmelerini sağlarlar. Yanlış yaptıklarına pişman ederler. Ve bunu yaptıklarında, kontrolü ele geçirirler. Onları çıldırtırlar, kendilerini yok etmelerini sağlarlar.

"Size evime gelip beni vurmaya çalışan çocuktan bahsetmiştim. Oyundaki birinin ona beni öldürmezse ailesini öldüreceklerini söylediğini anlattı. Oyun içinde yaptığı eylemler yüzünden onu benim peşime düşürmüşler. Bu bağlantıyı kurmam için Eriel'den bir ipucu almam gerekti. O anda tuhaf gelmişti ama hemen fark etmemiştim.

"İşte böyle yapıyorlar. Bir çocuk bir oyun oynuyor ve oyunda ilerlemek için birini öldürmesi, hatta toplu katliam yapması gerekiyor, anladınız siz onu. Gerçek dünyada bunlar günahtır ve yasalara aykırıdır, oyunda ise oyunun bir parçasıdır. Çoğu oyunda tek amaç budur."

"Dur bir dakika," dedi Alfred. "Bana oyunda çocukları gerçek hayatta cinayet işlemiş gibi cezalandırdıklarını mı söylüyorsun?"

"Bu doğru," dedi E-Z. "Yaptıkları şey tam olarak bu. Oyun endüstrisini nasıl haklı çıkarmak için kullanıyorlar - hayır bunun doğru kelime olduğunu sanmıyorum. Çocukların ruhlarını çalma eylemlerine göz yummak demek istiyorum."

Lia ellerini kapattı ve yumruk yaptı. Sonra da daha fazla duymak istemiyormuş gibi kulaklarını kapatmak için kullandı. "Kesinlikle haklısın E-Z. Başka seçeneğimiz yok - o cadılara kesinlikle bir son vermeliyiz. Ne kadar erken olursa o kadar iyi."

"Biliyorum," dedi E-Z, "ama bu kolay olmayacak. Onlar Karanlığın Kızları ve Erinyeler olarak da bilinen tanrıçalar. Bir numaralı amaçları kötüleri cezalandırmaktır ve bir oyun kapsamında herkes kötüdür. Oyunda ilerlemenin tek yolu bu."

"Bir planın olduğunu söylemiştin, nedir o?" Alfred sordu.

"Öncelikle PJ ve Arden hakkındaki soruna cevap vereyim. İçimden bir ses cevabın evet olduğunu söylüyor. Ama Raphael'e teyit edip edemeyeceğini sordum. Yüzde yüz öyle ya da böyle diyemeyeceğini söyledi. Öfkeliler bildikleri kadarıyla daha önce hiç ruh çalmamışlardı. İki ruhtan bahsetmiyorum bile.

"Size söylemem gereken bir şey daha var, Ölüm Vadisi'nde binlerce Ruh Yakalayıcı var. Belki binden fazla ve sayıları her geçen gün artıyor. Göz alabildiğine uzaktalar." Kalbi boğazına kaçmış gibi durdu ve bir damla gözyaşını sildi.

"Buna tanık olmak çok zordu. Yaptıkları şey çok önceden planlanmış, kasıtlı. Yine de anlayamadığım şey, bundan onların ne çıkarı olduğu. Yani Hadz ve Reiki beni oraya götürmekte haklıydılar. Eğer bana göstermeden söyleselerdi... beni bu kadar etkilemezdi. Raphael her geçen gün alımlarını arttırdıklarını söylüyor. Yani oturup düşünecek fazla zamanımız yok. Bir plana ihtiyacımız var ve harekete geçmeliyiz."

"Ölümlüler mi?" Alfred sordu.

E-Z, "Evet, o seviyedeyiz," dedi. "Bu yüzden aklıma gelen plan kendi oyunumuzu yapmaktı. Sam Amca yardım edebilir. Ben öldürmek için oynarken, Öfkeliler beni yakalamaya gelecekler. Geldiklerinde onları tuzağa düşürüp oyunda öldüreceğiz.

"Oyunda güçlerinin azalabileceğini düşündüm. Ama sonra aklıma geldi - ya benimki de azalırsa."

"Çok geç olana kadar bunu bilemeyiz," dedi Alfred.

"Bu doğru. Ne kadar çok düşünürsem, bu fikir o kadar az etkili göründü. PJ ve Arden'i kontrol edene kadar arafta bırakırlarsa... Ruhlarını ellerinden alabilirler. Ve biz de onları kaybederiz."

"Yani bu bir tuzak olabilir mi?" Lia sordu.

"Kesinlikle."

"Bize düşünecek çok şey verdin," dedi Alfred. "Bence bunun üzerinde uyuyalım, düşünelim ve yarın tekrar konuşalım."

"Uyuyabileceğimden emin değilim," dedi Lia, "ama katılıyorum, biraz ara verelim. Kendimizi ne kadar büyük bir tehlikenin içine atacağımızı düşünmek için zamana ihtiyacım var. Birbirimizin arkasını kolladığımızdan emin olmalıyız."

"Elbette," dedi E-Z. "Bu arada ben de bir B planı bulmaya çalışacağım."

Lia odadan çıktı ve kapıyı arkasından kapattı.

"Acaba ön kapıda kim vardı?" E-Z sordu.

"Sabah Sam'e sorabiliriz, muhtemelen hâlâ karısının ayaklarıyla ilgilenmekle meşguldür."

Gülüştüler. "İyi bir plana benziyor," dedi E-Z. "İyi geceler Alfred."

"İyi geceler E-Z."

BÖLÜM 30
OOH, BEBEK BEBEK

"Bebek geliyor!" Sam birkaç saat sonra bağırdı.

Koridordan aşağı inerken bir eliyle Samantha'nın elini tutuyordu. Omzuna bir gece çantası asmıştı. Arabanın anahtarlarını aldı.

Samantha anahtarları tekrar tezgâhın üzerine koyarken, "Arabayı sen kullanmayacaksın, aşkım," dedi.

E-Z koridora çıktı. "Seninle gelmemizi ister misin?"

"Ben iyiyim," dedi Samantha. "Lia hâlâ mışıl mışıl uyuyor."

"Ben onu uyandırırım, seninle hastanede buluşuruz, tamam mı?"

Lia omzunun üzerinden baktı, "Taksi çağırdım bile. Arabayı o kullanmıyor."

Sam gülümsedi, "Patron o."

"Yakında görüşürüz," dedi E-Z. "Bu arada, dün gece kapıdaki kimdi?"

"Rosalie'ydi. Çok yorgundu, biz de onu misafir odasına yerleştirdik."

"Tamam, teşekkürler," dedi E-Z.

Rosalie'nin orada ne işi olduğunu merak ederek koridor boyunca Lia'nın odasına doğru ilerlerken kapıyı çaldı.

"Benim Lia," dedi. "Annen ve Sam Amcan hastaneye gidiyorlar. Bebek geliyor!"

Önce bir gürültü koptu, sonra Lia kapıyı açtı. Komodinin üzerindeki lamba yatağın yanında yerde duruyordu. "Birazdan hazır olurum," dedi. Kapıyı kapattı.

Misafir odasına doğru ilerledi. İçeri baktı ve Sam haklıydı, Rosalie derin uykudaydı. Odasına döndü, giyindi ve Alfred'i uyandırmamaya çalıştı. Kuğuların hastaneye girmesine izin verilmiyordu, bu yüzden onu uyandırmak kötü olurdu - kendini dışlanmış hissederdi. Rosalie'nin misafir odasında uyuduğunu ve onlar dönene kadar ona göz kulak olmasını söyleyen bir not yazdı. Ona kendini evindeymiş gibi hissetmesini söyle, diye yazdı. Notu Alfred uyandığında gözden kaçırmasın diye bıraktı.

E-Z kapıyı arkasından kapatıp kilitledi, sonra Lia'yla birlikte bekleyen taksiye binip hastaneye doğru yola çıktılar.

Tabelaları takip ettiler ve kısa süre sonra bebek koğuşunu buldular. Sam oradaydı, televizyondaki baba adaylarının yaptığı gibi bir aşağı bir yukarı volta atıyordu.

"Nasıl gidiyor?" E-Z sordu.

"Annem nasıl?" Lia sordu.

"Geldiğiniz için ikinize de teşekkür ederim," dedi Sam. Bir şişeden su içmeye çalışırken elleri titriyordu. "Samantha gerçekten çok iyi durumda. Demek istediğim, daha önce seninle birlikte yaşadı Lia, bu yüzden ne bekleyeceğini biliyor ve ben de. Bununla başa çıkabilir miyim bilmiyorum. Bugüne hazırlanmamıza yardımcı olması için aldığımız kurs iyiydi - ama gerçek oldukça farklı. Hastanelerden nefret ediyorum."

"Herkes hastanelerden nefret eder," dedi E-Z. "Ama o sallanan kapılardan içeri girdiklerinde. Ve size ihtiyaç olduğunu söylediklerinde... O zaman kendinizi toparlayıp oraya gitmeli ve karınıza yardım etmelisiniz. Unutmayın, siz bir takımsınız, bu işte birliktesiniz. Bunu başarabilirsiniz!" Amcasının sırtını sıvazladı.

"Biliyorum."

Lia başını Sam'in omzuna koydu. "Harika olacaksın."

Bir hemşire geldi. "Karının sana ihtiyacı var. Fazla uzun sürmez. Seni temizlenmen için götüreceğim, sonra onu aşağı indirdiğimizde karınla birlikte olabilirsin."

Sam başıyla onayladı ve gitti.

Yüzündeki son ifade E-Z'ye idam mangasının önünde duran birini hatırlattı.

"Ona bir şey olmayacak," dedi Lia, E-Z'nin elini okşayarak.

Saatler sonra Sam yüzünde geniş bir sırıtışla yanlarına döndü. "Bir kızım daha var," dedi, "ve bir oğlum!"

"İki bebek mi?" Lia ve E-Z hep bir ağızdan.

"Evet, iki tane. Taramada sadece birini gördük."

"Annem nasıl?"

"Harika! İnanılmaz!"

"Onu görebilir miyiz? Ve bebekleri?"

"Hazırlanmaları için onlara birkaç dakika verin. Sonra kardeşlerinle tanışabilirsin Lia ve E-Z kuzenlerinle tanışabilirsin."

"Onlara ne isim vereceğinizi biliyor musunuz?" E-Z sordu.

"Evet, ama sana birlikte söyleyeceğiz."

"Yeterince adil," dedi E-Z.

"İki bebek, o evde - diğerleriyle birlikte," dedi Lia.

"Ben de aynı şeyi düşünüyordum. Zaten dolu bir evimiz var... ama idare ederiz. Her zaman yaparız."

Birlikte oturdular ve beklediler.

EPİLOG

Haftalar sonra 17 Ocak'tı. Noel her zamanki ihtişamıyla gelip geçmişti, aynı şekilde yeni yıl da. E-Z bir yaş daha büyümüştü, on altı yaşına basmıştı ve çete onun odasında bir aradaydı. Charles Dickens Facetime aracılığıyla onlara katılıyordu.

Koridorun sonunda ikizler Jack ve Jill yaygara koparıyordu. Sam ve Samantha hâlâ yeni gelenlerin rutinine alışmaya çalışıyorlardı. Noel hediyelerini açana kadar evdeki hiç kimse fazla uyumamıştı. E-Z, Lia ve hatta Alfred bile ses engelleyici kulaklıklar almıştı.

E-Z, Öfkeliler'i yenmenin başka yollarını düşünüyordu. Oyunda onların peşinden gitme fikrinin yanı sıra. Başka pek az seçenek vardı.

Diğerleri uyurken, Charles ile internette birkaç konuşma yapmıştı. Charles, onları kendi oyunlarında yenmenin 'tam bir baş belası' olacağını düşündü. '

E-Z, dedektörcülerin Charles'a başka hangi ifadeleri öğrettiklerinden biraz endişeliydi. Birlikte, oyun fikrini nasıl ilerletecekleri konusundaki tartışmalarını gruba anlatmaya karar verdiler.

"Çok kolay," dedi Charles Dickens. "E-Z ve ben geçen gün telefonda konuştuk ve neyin işe yarayabileceğini bulduk. Eğer The Three hakkında bir bilgileri varsa - yani internette her yerde siz varsınız - sizi bileceklerdir. Ama beni bilmeyecekler.

"Benden korkacaklarından değil. Her ne kadar Edward Bulwer-Lytton bir keresinde 'kalem kılıçtan daha güçlüdür' diye yazmış olsa da. Bu durumda, umarım doğru olur.

"Dedektör arkadaşlarımla pratik yapıyorduk. Onları dahil etmek için en iyi oyunun mevcut bir oyun olduğunu düşündük. Ve mükemmel oyunu bildiğimizi düşünüyoruz.

"Adı PK Crew. Oyun derecelendirmesi 13+ ya da bazı yerlerde 12+ ve ücretsiz. Oyunun amacı aileniz ve arkadaşlarınız dahil herkesi öldürmek. Her öldürme için ödüllendiriliyorsunuz, ancak size yakın insanları öldürdüğünüzde daha da fazla puan alıyorsunuz. Daha fazla para. Hatta oyun içinde kötü şöhret. PK TV televizyonunda resminiz. The Peachy Keen Times gazetesinin ön sayfasında. Oyun Peachy Keen adlı hayali bir kasabada geçiyor. Bu mükemmel bir tuzak - ve bu oyunu biz başlatacağız. Ben on iki yaşında bir çocuk olarak oynayacağım, onlar oyuna girecek ve siz zaten orada olacaksınız."

"Yeterince güvenli olacak," dedi E-Z, "Yani, siz zaten ölüsünüz - yani geçmiş yaşamınızda - yani sizi öldüremezler."

Kapı çalındı, "Kapı açık," dedi E-Z.

Lia ayağa fırladı ve kollarını Rosalie'ye doladı. "Uyandığını görmek güzel," dedi arkadaşının kalın kazağına sokulurken.

Rosalie takımlarının önemli bir parçası haline gelmişti. Ancak onlarla sadece bir gün daha kalmasına izin verilmişti. Ondan sonra eve geri dönmek zorundaydı.

Oturmak için odanın içinde ilerlerken kuğu Alfred'in başını okşadı. O bebeklerden önce geldiğinden beri hepsi çok iyi arkadaş olmuşlardı.

"Size söylemem gereken bazı şeyler var. Öncelikle, beni bu kadar iyi karşıladığınız için teşekkürler. Sizi görmek harikaydı ve beni ekibinizin bir parçası olarak hissettirdiğiniz için teşekkürler."

"Ahhhhh," dedi Lia.

"Söylemem gereken şey, sizin gibi özel güçleri olan diğer çocuklar hakkında bir kitap yazıyordum. Komodinimin çekmecesinde duruyor. Bir dahaki ziyaretinizde onu size vereceğim, böylece gidip Öfkeliler'i yenmenize yardım etmeleri için diğerlerini getirebilirsiniz."

"Alabileceğimiz her türlü yardıma ihtiyacımız olacak," dedi Lia.

"Raphael ve Eriel sana yardım edebileceklerini düşünüyorlar, bu yüzden onlara ayrıntıları vermemi istediler. Bu yüzden yazdım - önemli bir şeyi unutmayayım diye."

"Raphael ve Eriel seni bu yüzden mi beyaz odaya çektiler?" E-Z sordu.

"Hem evet hem hayır. Yani evet. Diğer çocukları biliyorlar. Ama hayır, onlar hakkındaki bilgileri vermemi açıkça istemediler. Bu çocukların senin için önemli olduğunu biliyorum ve onlar olmadan The Furies'i yenemezsin."

"Öfkeliler hakkında ne biliyorsun?" Alfred sordu.

Rosalie titredi ve kollarını kavuşturdu. "Onlar hakkında birkaç şey biliyorum. Mesela, onlar dünyaya iyilik yapmak için dönmüş üç korkunç kız kardeş."

E-Z, "Şaka yapmıyorsun. Şimdiye kadar verdikleri zararı ilk elden gördüm. Bir plan üzerinde çalışıyoruz. Ama söyle bize, bu diğer çocuklar nerede? Sence bize yardım ederler mi? Tabii onları buraya getirmenin bir yolunu bulabilirsek."

"Onlar iyi çocuklar, ama onlardan ve ailelerinden izin istemeniz gerekecek. Biri dünyanın öbür ucunda Avustralya'da, biri Japonya'da ve diğeri de Amerika Birleşik Devletleri'nde Phoenix, Arizona'da. Başkaları da olabilir ama şu ana kadar sadece bu üçüyle temas kurabildim," dedi Rosalie.

"Öte yandan, yeni çocuklar getirmek işleri zorlaştıracaktır," dedi E-Z. "Ayrıca, eğer başarısız olursak, o zaman yerimize geçecek kimse olmayacak. Mümkün olduğunca az maruz kalarak bu işi kendi başımıza yürütmek bizim için en iyisi olabilir. Eğer bunu yapabiliyorsak, yani The Furies'i saf dışı bırakabiliyorsak, neden başkalarını bu işe bulaştıralım? Yabancıları? Neden başka çocukların hayatını riske atalım?"

Alfred, "Çok uzun zaman önce hepimiz yabancıydık," dedi.

Charles Dickens, "Akraba olsak da ben hâlâ bir yabancıyım," diye söze girdi. "Ama ben Üç'ten biri değilim. Yetki E-Z'de ve o ne derse onu yapmaktan mutluluk duyuyorum. Dedektörcüler benim acemi olduğumu söylüyor. Ve bu doğru."

Rosalie ekrandaki çocuğa baktı. "Doğru dürüst tanıştırılmadık," dedi. "Ben Rosalie'yim ve senden daha acemi olduğuma eminim."

Charles güldü. "Ben Charles Dickens."

"Charles Dickens ile bir akrabalığınız var mı?" Rosalie sordu.

"Evet, ben onun reenkarne olmuş haliyim."

Rosalie güldü. "Her şeyi duyduğumu sanıyordum. Seninle tanıştığıma sevindim Charles."

Ön kapı yüksek sesle çalındı.

Birkaç saniye sonra, Sam'in itirazlarına rağmen koridorda çizme giymiş ayaklar ilerlemeye başladı.

"Rosalie," dedi iki adamdan en irisi kapalı kapının ardından. "Eve dönme vakti geldi. İlaçlarına ihtiyacın var, o yüzden dışarı çık, yoksa senin için içeri girmek zorunda kalacağız."

Rosalie ayağa kalktı, "Görünüşe göre bilmen gereken her şeyi sana söyledim ve tam zamanında." Kapıya doğru yürüdü, açtı ve görevlilerle birlikte çıktı.

Bir dakika ambulansın arkasında, sonra beyaz odada. Raflar ve kitaplar aynıydı ama koku farklıydı.

Önceden koku yoktu ama şimdi kötüydü. Pis kokuyordu. İğrenç. Çamaşır suyu ve çürük yumurta gibi.

Duvarın içinden tepeden tırnağa siyah giyinmiş üç kadın girdi. Saç yerine yılanları vardı. Ve daha fazla yılan kollarından aşağı yukarı sürünüyordu. Ona doğru uçtular. Yarasaya benzeyen kanatları odanın saflığı ve beyazlığıyla tezat oluşturuyordu. Kırbaçlarını ona doğru savurduklarında gözlerinden kan fışkırıyordu.

Ve pis kokuları dayanılmazdı.

"Bize bilmek istediğimiz şeyi söyle," diye hep bir ağızdan bağırdı Fury'ler.

Rosalie burnunu tutarak, "Bana ne sorduğunuzu bilmiyorum," dedi.

KIRBAÇ.

Kırbacın şaklaması yaşlı kadının yanağındaki deriyi sıyırdı. Yüzüne dokunduğunda ve eline baktığında kanla kaplıydı.

"Biliyor musun," dedi Allie, kendisi ve kız kardeşleri kırbaçlarını yaşlı kadının çevresinde bir kez daha şaklatırken.

"Ne demek istediğini anlamıyorum."

Bir kitaplık devrildi. Hızlı hareket eden merdiven olmasaydı, Rosalie altında ezilebilirdi.

WHIP.

Rüya görüyorum, diye düşündü Rosalie. Uyanmam gerek. ŞİMDİ uyanmalı ve bu korkunç kokulu yaratıklardan uzaklaşmalıyım.

Bir kitaplık daha düştü.

Sonra bir tane daha. Ve bir tane daha.

Çok geçmeden merdiven de yere çarptı ve zıpladı. Bir, iki, üç kez. Sonra parçalara ayrıldı.

"Olamaz!" Rosalie ağladı.

"Bize söyleyeceksin aşkım," dedi Tisi, yaşlı kadını yerden kaldırırken, yılan gibi kolları onu sarmıştı.

Rosalie'nin ayakları tehlikeli bir şekilde sallanıyordu. Yılanlar vücudunun üst kısmındaki tutuşlarını sıkılaştırırken.

Meg çığlık atarak Rosalie'ye yaklaşırken, "Dikkat et kardeşim, ona kalp krizi geçirteceksin," dedi. "Bize istediğimizi ver aşkım."

"Sana hiçbir şey söylemeyeceğim. Bana ne yaparsanız yapın," dedi Rosalie.

Çok cesur davranıyordu. Çünkü yalnız olmadığını biliyordu. Lia oradaydı ve onu dinliyordu.

"Bu tam bir zaman kaybı," dedi Allie havaya bir kırbaç gönderip kitap raflarından oluşan bir duvarı yıkarken. Birkaç kanatlı kitap rafların altından çıkmaya çabaladı. Bir tanesi kalan tek kanadıyla uçmaya çalıştı.

Tisi uzaktaki duvara doğru döndü ve kitapları ateşe verdi. Domino taşları gibi, yanan kitapların altında kalan zavallı Rosalie'nin üzerine düştüler.

Fury'ler yüksek sesle ve gururla güldüler.

Rosalie zihninde Lia'nın adını çağırdı. Neredesin Lia? diye sordu. Neredesin küçüğüm?

Eve döndüklerinde E-Z dizüstü bilgisayarını açtı. "Tamam, üzerinde uyuma fırsatımız oldu. Öfkeliler'le savaşmaktan başka seçeneğimiz olmadığı konusunda hemfikir miyiz?"

Lia ve Alfred başlarıyla onayladılar.

"Ve bu diğer çocukları alıp buraya getirmemiz gerekiyor. Biz üç kişiyiz ve onlar da üç kişi. Lia, sen Phoenix'e git - Küçük Dorrit seni götürebilir ya da bir uçakla gidebilirsin."

"Küçük Dorrit'i tercih ederim."

"Tamam, ilk çocuk sıralandı. Yine de adını ve Phoenix, Arizona'da tam olarak nerede olduğunu bilmiyoruz. Ve bunu ailesiyle görüşmeniz gerekecek. Bu kolay olmayacak çünkü çocuklarının ne tür bir tehlikenin içine gireceğini bilmelerini sağlamanız gerekecek."

"Evet, Rosalie'den daha fazla ayrıntı almam gerekecek."

"Alfred, Japonya'ya gidebilirsin. Uçakla gitmeni öneririm - lojistik işlerini halletmemiz gerekecek. Çocukla birlikte geri dönmen gerekecek, tabii ailesinin sana izin vereceğini varsayarsak. Yine Rosalie'den çocuğun nerede olduğunu öğrenmeliyiz. Japonca bilmiyorsanız dil engeli de olacaktır."

Alfred başını salladı.

"Bir çevirmen bulurum."

"Sana bir telefon alırız ve çeviriyi senin için yapacak bir uygulama yükleyebilirsin. Bir öğrenme eğrisi olacak," dedi E-Z. "Özellikle de parmakların olmadığı için."

"Bana uyar," dedi Alfred. "Hemen telefonla çalışmaya başlamam gerekecek. Bunu çözmek uzun sürmez. Bu arada Rosalie çocuğa benim bir kuğu olduğumu söyleyebilir - böylece beni ilk gördüklerinde düşüp bayılmazlar."

"Bu iyi bir fikir," dedi Lia. "Ama nasıl yazacaksın?"

"Gagamı kullanabilirim."

"Ya da sesle etkinleştirilen bir program," dedi E-Z.

"Harika," dedi Lia ve Alfred hep bir ağızdan.

"Ben de Avustralya'ya uçacağım. Çocukla birlikte uçağa bineceğim ama doğrudan oraya gidersem daha hızlı olur. Bir şey daha var, kendimiz için bir tuzak kapısı düşünmeliyiz. Bir ya da daha fazlamızın yakalanması, öldürülmesi ya da yaralanması durumunda dışarı çıkabileceğimiz bir yol. Her şeye hazırlıklı olmalıyız. Bu işi bitiremeden ölürsek, parçaları toplayacak kimse kalmayacak."

"Başmelekler," diye kekeledi Lia, sonra durdu. Titredi, sonra da nefesini tutamadı. Kollarını kendine doladı.

"Sen iyi misin?" E-Z sordu.

"Şşşt," dedi Lia. Odada ya da zihninde hiçbir ses yoktu, mutlak ve tam bir sessizlik vardı. Nefes alış verişi gibi kalp atışları da normale döndü.

"Yanlış alarm," dedi. "Bir şeylerin ters gittiğini düşündüm, sanki bir SOS alıyormuşum gibi, ama şimdi her şey yolunda görünüyor."

"Bu sık sık olur mu?" Alfred sordu.

"Hayır," dedi Lia.

"Tamam, hadi beyin fırtınası yapmaya başlayalım," dedi E-Z. Ve günün geri kalanını bir liste yaparak, neyin yanlış neyin doğru gidebileceğine karar vererek geçirdiler.

Odalarına gittiler ve uyudular.

Rosalie dışında herkes için huzurlu bir geceydi.

Sesi duyulmayan Rosalie.

Sesine cevap verilmeyen Rosalie.

Yardım gelmedi.

Beyaz Oda yok edildi.

Kimse Rosalie'yi kurtarmaya gelmedi.

Kötü Furies'ten.

TEŞEKKÜRLER!

Sevgili okuyucular,

E-Z Dickens Serisi'nin üçüncü kitabını okuduğunuz için teşekkür ederim... Üzücü son için üzgünüm ama bazen böyle şeyler olur.

Son kitap yakında piyasada olacak!

Beta okuyucularım, düzeltmenlerim ve editörlerim gibi bu seriyi olabilecek en iyi hale getirmemde bana yardımcı olan herkese bir kez daha teşekkür ederim. Kudos!

Arkadaşlarıma ve aileme, teşvikiniz ve desteğiniz için teşekkürler.

Ve her zaman olduğu gibi, Mutlu Okumalar!
Cathy

YAZAR HAKKINDA

Cathy McGough yaşıyor ve yazıyor
Ontario, Kanada'da kocası, oğlu, kedisi ve köpeğiyle
birlikte yaşıyor.

AYRICA:

E-Z Dickens Süper Kahraman Kitabı Dört: Buzun
Üzerinde
+ ÇOCUK KITAPLARI